元嬰期入世
39
妙妙醬\ノ◎著

目錄 CONTENTS

第一章

終現身

難道她自己身為一個邁入合體期多年的前輩，神識之力竟然比不上眼前這些煉虛修士嗎？

不過，她並不知道，眾人判斷寧塵是否真的逃走不是靠著神識的感應，而是心中對寧塵的無限信任！

芸萱仙子畢竟還是和寧塵認識的時間太短，她並不真正的瞭解寧塵。

刑一眯著眼睛看向了蒼白色的靈火，一時間並沒有反應過來。

「這……好像是無相靈火啊！」一旁的法老頭卻是無比的動容，看向了那蒼白色靈火，一雙圓滾滾的眼睛中閃爍過強光！

「什麼？！」刑一沒有認出來，在仔細一看之後，同樣驚呼出聲，要知道，無相靈火在合體修士之中也是赫赫有名的存在。

刑一目光閃爍，神識散發而出，在虛空之中掃視了起來，而後冷冷揚聲說道：「不知道是哪位道友來此，純陽城竟然還有合體修士這樣的後臺嗎？為什麼不現身相見！」

在無相靈火出現之後，那無相靈火背後的主人卻遲遲不現身而出。

刑一並沒有猜出無相靈火的主人是寧塵，他神識感應之下，已經發現寧塵的洞府之中是沒人的。而且他也不相信寧塵本來只不過是一個剛邁入合體的修士，怎麼可能有無相靈火這樣的頂級寶物！

在刑一說話的同時，他直接加大了黑煞靈火的威能，不斷暗中向黑煞靈火輸送靈力，想要將阻攔著黑煞靈火的無相靈火給壓倒下去。

可刑一卻驚奇的發現，隨著黑煞靈火威能的增加，無相靈火的威能也隨之增加起來，竟然能夠直接抵擋黑煞靈火！

在刑一的話語之聲落下不久，寧塵的洞府終於有了一點微弱的反應，一點火光突然在寧塵那寂靜無聲的洞府之中閃爍了起來。

所有人都因為這一點點微弱的閃動而動容，一齊看了過去。

芸萱仙子瞪大了美眸，這一刻，她沒有任何的懷疑，因為在神識的感應中，她自己也已經察覺到了寧塵的存在！

「他……竟然真的沒有逃走？可是為什麼我竟然無法感知到他的存在？」芸萱仙子震驚之下，喃喃自語。

刑一和法老頭也是同時對視了一眼，從對方的眼眸中看出了濃濃的震驚之意，這兩位合體修士也明明利用神識探查過寧塵的洞府，卻毫無所獲，為什麼現在卻又有新的氣息出現了。

而王陸、周霜等一眾寧塵的故人眼睛之中放出了光華，滿含期待的看向了那一點火苗的閃爍之處。

隨著那一點火苗閃過，本來暗淡無光的寧塵洞府發出了一道淡淡的靈光，靈光一閃，寧塵一身青衣的身影終於出現在了眾人的眼前。

他此時已然閉闔著雙眸，有一層層細密的蒼白色靈火浮現在他的周圍，隨著最後一縷火苗被吸收入他的身軀之中，寧塵輕輕呼出了一口氣。

他的雙眸緩緩睜開，當中有著絕對的孤寂之色，好像是很陌生一般，寧塵轉頭四顧，打量了一下這個周圍的世界，長嘆了一聲，眼眸中的孤寂也在緩緩地褪去，慢慢地帶上了他那特有的無比的平靜之色。

一次療傷，沉寂在那久遠的黑暗之中，好像已經過去了無數年一般！

「修真無歲月啊！」寧塵掐指一算，感慨著喃喃自語了一聲。

這一次還算他運氣好，從那異族合體修士剩下的一枚納虛戒指之中，他找尋到了一株聖藥！

服用這聖藥之後，他終歸還是保住了自己的合體境界，沒有跌落下去。不過，身上的暗傷還是一大片，只能留待以後慢慢修復了！

寧塵緩緩轉頭，看向了周霜等人，嘴角扯出了一縷笑意。

「寧塵，你終於出來了。」周霜喜極而泣，俏麗的臉蛋上流下了兩滴晶瑩的淚珠，歪著嘴巴，看上去有些委屈的模樣。

「我出來了。」寧塵輕笑著，向眾人平靜出聲。

此時，所有人看向他的目光中都帶上了期待和興奮，寧塵就像是定海神針一般，剛剛出現，眾人心中的不安和恐懼便盡數消除了，剩下的也就只剩下了歡樂和開心了。

一旁的芸萱仙子看著這一幕，看著自己的自己喜愛的後輩周霜臉上帶著那種完全純真的笑容，不由得怔住了，她眸光閃動，看向了一身青衣的寧塵。

此時的寧塵，絲毫氣息都沒有散發出來，合體氣息不洩露一絲，看上去一副返璞歸真的模樣。但是，卻莫名多了一種說不出來的味道，讓芸萱仙子也忍不住多看了幾眼。

「寧塵，你竟然沒有逃走，正好我不知道將來去哪裡追殺你！」正當寧塵準備和故人多聊幾句的時候，刑一滿臉陰沉，早已經按捺不住了，冷冷發聲，看向寧塵的眸光之中殺機畢現。

聽到此人的聲音，寧塵露出一抹無奈之色，緩緩轉頭，淡淡地看向了刑一。

「神宮勢力雄厚，自從在小南天界，便一直對我們這些人咄咄相逼，難道真的算是人族扛鼎勢力應該做的事情嗎？」寧塵心中也相當憤怒，這些年來，他雖然飛升到了靈界，可在神宮的陰影之下，一直都不得安寧。如今，終於算是見到了刑一本人，語氣不由得蘊含上了譏諷。

「哼！小小的螻蟻，竟然膽敢妄圖評價我神宮，真是活得不耐煩了。」可寧塵據理力爭的一句話，聽在法老頭和刑一的雙耳之中，頓時讓兩人蒼老的眼眸中湧出了怒火，一副居高臨下的模樣，對寧塵充滿了不屑。

寧塵的詭異出現，雖然讓刑一和法老頭忌憚不已，但是他們兩尊合體修士在此，也是有恃無恐，難道這個寧塵還真的能一個人對付他們兩個合體修士不成？

「哼！神宮可真是霸道啊，我就不信堂堂人族頂尖宗門的神宮，都會是像你二人一般的欺凌弱小的人物！」寧塵在面對刑一和法老頭的咄咄逼人的氣勢的時候，卻也是分毫不讓，直接出言回懟了回去。

「嘿嘿……你可真是不知者不畏啊，我們兩個合體修士在此，你竟然敢這般伶牙俐齒地頂撞，真是找死！」刑一看樣子已經徹底失去了耐心，壞笑了一聲，雙眸寒光閃爍，已經準備動手了。

只是不等刑一有什麼動作，相互對峙著的無相靈火和黑煞靈火卻有了反應，本來溫和的靜靜燃燒著的無相靈火猛然間洶湧起來。

碰！火焰跳動的聲音響起，蒼白色的靈火猛地擴張！眨眼間便形成了一個蒼白色的巨大火球，將黑煞靈火包裹在了其中。

劈裡啪啦……兩種靈火化身成兩隻兇猛的火焰之獸，兇狠地對峙著，刑一本來一副施施然的模樣，但此時，他顯得輕鬆無比的神色驟然緊張起來，面色大變。

煉化數千年得來的黑煞靈火此時隱隱有些不受控制的感覺，在一點點地消失！

「寧塵，你竟然身懷這般頂級靈火？」感覺受到威脅之後，刑一更是露出了一副不可置信之色，瞪大了眼睛，不可思議地看向寧塵。

無相靈火的表現，大出刑一的意料之外。

自從寧塵突破合體之境，擁有了一絲火焰本源之後，無相靈火的威能也翻倍的不斷增長。

寧塵雙目中閃過一道蒼白的火光，模樣奇異，背負著雙手站立在虛空之中，卻是一種輕鬆至極的神色。

同時，隨著他雙目中火光閃過，本來蒼白色的無相靈火頓時便燃燒得更猛烈起來，蒼白的火焰之中，竟然隱隱多了一條赤紅的線條，這線條正在不停地舞動！

「哼，就算你這靈火厲害，難道還真想將我這煉化多年的黑煞靈火給搶奪走嗎？」看到這一幕的刑一露出了一抹桀驁之色，冷言出口。他作為神宮長老，心中自然有著傲意，話語兇狠，同時，嘴裡不斷念念有詞起來。

本來洶湧燃燒著的黑煞靈火在他的咒語聲中頓時便化成了一條通體漆黑的巨大蟒蛇，蛇信輕吐，蟒蛇轟然之間發出了一聲可怕的嘶吼之聲，便向著蒼白色的靈火圓球撞擊！

蛇頭撞擊這蒼白的靈火圓球，發出了巨大的聲音，就像是被困在火球中的一隻困獸！

轟轟轟！連續的撞擊聲不斷地響起，可蒼白色的靈火圓球卻依然是紋絲不動，牢牢地將黑煞靈火囚禁在了蒼白色的火球之中了。

「嘖嘖……刑老頭，黑煞靈火不是你的拿手好戲嗎？怎麼現在卻連同掙脫束縛都無法做到了？」一旁旁觀的法老頭壞笑出聲，一邊出言譏諷，一邊卻無比警惕地不斷打量起了寧塵。

芸萱仙子看向寧塵的美眸中更是露出了異色，一副不可思議的模樣。

三位合體修士在此，卻並未真正看明白此時寧塵的極限。

「不對勁，法老頭，你別廢話了，那三株聖藥還想不想要了？」念動咒語的刑一在發現黑煞靈火無法衝出蒼白色靈火的火球的時候，突然臉色大變，向法老頭厲喝了一聲。

就算他再自負，在生死面前，也知道不能托大，也顧不上什麼面子不面子的事情，主動開口向著一旁雙手抱胸觀看好戲的法老頭求援。

法老頭眯起了眼睛，他還以為刑一大意之下這才未曾建功，可此時看這個樣子，竟然是刑一也開始著急了？

他對寧塵的詭異大感詫異，面色唰地一下冷了下來，同時，手上掐了一個法訣，頓時虛空中幾道朦朦朧朧的法線閃過。

橫兩條，豎兩條，向著寧塵唰的一下延伸了過去。

鐺！一聲金屬鳴聲傳出，而後便是宛若古琴聲一般的聲音響起，眨眼間被法老頭法術釋放而出的那兩條法線卻是被寧塵釋放而出的玄寧盾給攔截住了。

此時的玄寧盾上，卻早已經沒有了寧塵突破合體之前的模樣，通體青綠的玄寧盾上面隱隱鍍上了一層火光，有一種宛若火玉一般的質感，看上去無比的堅硬。

這是寧塵在閉關期間，用原先在雷霆之怒淬煉過的玄寧盾的一點殘骸，加上一些更加珍貴的材料，重新煉製的靈寶，是比原先的玄寧盾威能更加厲害的加強版！

看到玄寧盾現身而出的剎那，刑一和法老頭都是兩隻眼睛放出了強烈的光華。法老頭更是忍不住大喊出聲：「玄天靈寶，這竟然是一件玄天靈寶。」

驚呼聲中，不管是發老頭還是刑一，都是露出了濃濃的貪婪之色。

三位合體修士之爭，此時也才算是真正見到了第一件玄天靈寶！

法老頭和刑一身為神宮之人，身份地位已經算是人族中的上層人物，可就算是以他們的地位，得到玄天靈寶顯然也並不容易，所以才會這般的驚訝。

「閣下這本源法線還真是犀利無比啊，竟然差點破了我玄寧盾的防禦。」寧塵被玄寧盾護住身軀，冷笑了一聲，看向了法老頭不帶一絲感情色彩的說道。

法老頭皮笑肉不笑，滴溜溜的眼珠子轉動著，也不知道在想些什麼。

按照修真界的規矩，既然他事先已經和刑一說好了要三株聖藥作為報酬，那這一次鬥法所得的戰利品他是沒有資格拿的。可當初在說這件事的時候，他可是完全沒有想到，寧塵身邊竟然有這麼多的好東西！

不說那兩個有天神族氣象的古怪修行者，也不說可以主持虛天困神大陣這般驚人大陣的那個叫做周霜的女子！單單這一件單純的防禦型靈寶盾牌，就已經超過了三株聖藥的價值！

這讓法老頭有了一種極度的不平衡之感，所以，他並不願意全力出手。

「嘿嘿……刑老頭，你可得加把勁啊，這小子看上去很是詭異。」在釋放出兩道法線的之後，法老頭顯然不準備繼續動手，而是壞笑了一聲，看向了刑一說道。

刑一眸光閃爍，一眨眼便知道了法老頭的真實想法，內心冷哼了一聲，不過卻並未多作計較。

他嘴裡面的咒語之聲愈發密集起來，隨著咒語之聲的響起，被困在蒼白色火球之中的那漆黑巨蟒越發兇猛。

寧塵洞若觀火，很快看清楚了兩人各懷鬼胎的模樣，他眸光一閃，閃過一道厲色。

現在這種時刻，是最好的時機，他心中一動，本來遍佈在蒼白色火球當中的那一道赤紅的火線隨之一閃而出，唰的一下便從無相靈火中跳脫了出來，而後從那漆黑的巨蟒的額頭中一穿而入！

這條火線很細，幾乎和頭髮絲的十分之一差不多細，但只要神識夠敏銳和細微，就能夠在這條火線上面發現刻畫著的一個個精美而玄奧的圖案，那是代表火之本源之力的圖案。

隨著這條赤紅的火線進入那漆黑蟒蛇的額頭之上，漆黑蟒蛇便瞬間發出了一聲劇烈的嘶吼之聲。

嘶吼聲中，刑一也是皺了皺眉頭，面色一變，說了一聲：「不好。」他手上道印閃爍，急忙有所動作了，但是卻早已經遲了。

隨著那赤紅火線的沒入，漆黑的蟒蛇頓時劇烈翻滾起來，這樣強烈的反抗卻是來得快，去得也快。

隨著刑一那話音的落下，漆黑的蟒蛇的身軀在那蒼白的火球之中緩緩消散，重新變成了一團漆黑的靈火。

而蒼白的火球卻是一變之下，頓時成為了一個蒼白色的小鳥一般的東西。

漆黑靈火之中，衝出了一條赤紅的火線，火線一閃之下，便到了蒼白色小鳥的雙眸之中，本來雙目無神的蒼白色小鳥在這火線沒入之後，便多了一抹赤紅的瞳仁，瞳仁之中也閃動起了靈動的光澤。

此時，本來無神無識的無相靈火卻多了一絲奇異的靈智！發生了和軒轅神劍一樣的神奇變化！

戾！小鳥發出了一聲啼鳴之聲，牠的尖喙向著那一團漆黑的靈火輕輕的一吸。

在牠身前的那一團漆黑的靈火便化成了一條條黑色的細線，被小鳥紛紛吸入了肚腹之中消失不見了。

剛剛還威能無限，直接將周霜等人佈置而出的虛天困神大陣焚燒破滅的黑煞靈火就這樣輕而易舉的消散在了眾人的眼前。

看到這一幕的周霜等人紛紛露出了振奮之色。

「太好了，寧塵竟然能夠將這般強大的靈火也給直接吞噬了。」

「看來我們純陽城是有救了。」

「沒錯，一定是這樣，純陽城有救了。」

一個個聲音響起，眾人此時的心中又好奇又興奮，傷勢也顧不上了，直接站身來，一臉興奮的觀戰起來。

芸萱仙子靜靜地站在虛空之中，一襲長裙飄飄，漆黑的法絲如瀑，一雙美眸之中也散發出了異彩。

「這玄寧盾、這無相靈火……竟然也已經進化到了這般威能強大的程度，這年輕人真是不一般啊……」芸萱仙子的美眸中也露出了一抹光彩，閃動異彩的喃喃自語著。

而她口中的，當然就是寧塵了。

和周霜等人的興奮和歡喜截然不同，此時的刑一在絲毫感應不到黑煞靈火的存在之後，臉色無比的陰沉，一副暴跳如雷的模樣。

「寧塵，你將我的黑煞靈火給吞到了哪裡了？」刑一大急之下，雙指如戟，朝著寧塵冷冷大喝。他這黑煞靈火可是閉關數千年這才漸漸煉化成功的，如果此時失去，那數千年的苦功可就白費了。

到了合體之境，壽命雖然悠長，可數千年的時間也不短啊，而且，他煉化黑煞靈火可是耗費了非常多的精力的。

寧塵一臉平靜，閉口不言。

「哼！吞下我的黑煞靈火，你肯定會被它反噬的，黑煞靈火的威能不是你能夠承受得起的。」刑一儘管心急如焚，可表面上卻是陰沉無比，竭力控制著自己的脾氣，威脅寧塵發聲。

「這倒是不勞刑堂主操心了。」寧塵不卑不亢，淡淡地說了一句，而後輕輕招了招手。

變幻成了蒼白色小鳥的無相靈火便在寧塵招手之後，撲騰著翅膀，向著寧塵飛了過來，而後落在他的肩膀之上，閉上了雙眸，一副懶洋洋不想再動彈的模樣。

刑一已經屢次嘗試通過留在黑煞靈火之中的魂魄印記召喚黑煞靈火，可卻杳無音信。被蒼白色火鳥吞噬之後，他煉化數千年的黑煞靈火便已經消失得一乾二淨，而蒼白色火鳥那種懶洋洋的模樣也讓刑一差點把肺氣炸了。

「法老頭，這個小子非常詭異，已經將我的黑煞靈火給吞了。」無奈之下，刑一也沒有失去理智，他作為合體期的老妖怪，被寧塵吞噬靈火之中，儘管心疼得滴血，卻還是能夠保持理智。

他此時終於意識到，他一個人是無法單獨對付寧塵的，對寧塵的那種小視之心也終於消失不見了。

不僅是他，法老頭在見識過寧塵的本事之後，也早已經對寧塵沒有了輕視之心。不過，他表面上依然是一副皮笑肉不笑的模樣，聽到刑一的話，看向了他，卻一語不發。

刑一心中暗罵了一聲老狐狸之後，又再次說道：「只有我們二人共同出手，恐怕才能夠將此人拿下！」

「那好處的事情？」法老頭毫無情意可言，冷笑著向刑一問道。

涉及到了好處的事情，刑一又再一次地猶豫了起來，這兩人都是一股鐵公雞的模樣，一毛不拔，對於寧塵的寶物，都有著濃濃地貪婪之心。

「剛開始的你說只不過是對付一個剛入合體的小子而已，此時對付的卻是一個不弱於我們的合體之修，三株聖藥的好處你不覺得少嗎？」法老頭看刑一還是一副猶豫的模樣，冷笑著討價還價。

「好，只要將這個寧塵滅殺，他的寶物之中我可以讓你任意挑選一件！」刑一最後咬了咬牙，心疼地說道。

「兩件！」法老頭絲毫不爽，伸出了兩根手指。

刑一心中暗罵不停，面上卻做出了心疼之色，狠狠地點了點頭。

法老頭剛剛還面無表情的圓臉蛋上，在聽了刑一的話之後，便重新布上了那種猥瑣而奸詐的笑容。

「這就對了，小小的一個寧塵，你我二人全力出手，我就不信對付不了。」法老頭冷笑著，看向了寧塵。

這一切說來很慢，其實刑一和法老頭討價之下，相互傳音聯繫，也不過是片刻間的事情罷了。

寧塵眸光閃動，面色無比的平靜，他肩膀上，剛剛顯威的火鳥看似一副懶洋洋不屑一顧的模樣。

以寧塵如今的戰力，應對其刑一來輕鬆自如，他剛入合體，一直不出雷霆手段，想的也只不過是多看看這些合體期的老妖怪的各種手段罷了。

第二章 合擊

不過聽著刑一和法老頭的對話，寧塵那一點本來就少的耐心也漸漸消失不見！

「疾！」正當寧塵眼眸轉動，打量著眼前的兩位合體修士的時候，這邊法老頭卻已經有了動作。

一聲厲喝之後，那本來兩橫兩豎的兩道法線靈光頓時猛的一亮，散發出朦朦朧朧的青光。

青光中卻蘊藏了驚人的寒意！再一次毫不客氣的向著寧塵切割了過去！

崩崩！虛空中響起了宛若是古箏弦音一般的聲音，法線越發鋒銳無比，向著玄寧盾切割而來。

玄寧盾被動防禦，同樣散發出了一層層的火光，兩者僵持之下，頓時便有琴音響起。

法老頭此人全靠對術法的高深理解，從而掌握了一點術法的本源之力，這才進入了合體之境！法線便是此人邁入合體之後，各種術法融合之下，所形成的一種攻擊方式。

寧塵眼睛眨了眨，有些好奇。

嗡！在法線的不斷擠壓之下，玄寧盾終於無法承受那種壓力了，發出了一聲輕聲的嗡鳴聲，靈光頓時一暗。

法老頭看著這一幕，猙獰一笑，手上法訣繼續變幻，不斷加大法線的擠壓之力。

青光一閃，強大的壓力之下，玄寧盾終於在寧塵操控之下變幻成了三面，呈品字型將法線攔截在了外面。

擠壓之聲傳來，在虛空之中好像彙聚成了一首動聽而獨特的樂曲。

寧塵身形閃爍，化身清風，在各種法線之間來回走動，這一幕本來瀟灑無比，落在純陽城眾人的眼中更是風華絕代，可在兩位神宮長老看來，卻像是寧塵被困住了一般。

刑一露出了大喜之色，他看向法老頭，兩人都是目光陰沉，對視了一眼。

刑一雙眸釋放出冷光，嘴裡面喃喃自語，咒語不停地念動了起來，他的身前的虛空之中，突然浮現出了一大片的黑斑出來，這些黑斑塊不斷地蠕動，當中也有著一絲本源的味道。

寧塵眸光一閃，看向著黑斑，鼻子裡面突然聞到了一股墨水的香味，頭腦之中，一種眩暈的感覺席捲了他！

這墨香竟然有一種奇異之力，讓寧塵神識陷入而來一種空蕩蕩的世界之中，毫不費力！

他輕笑一聲，寧塵憑藉他現在的神識之力，刑一和法老頭根本對他的神識無法造成任何威脅……

法老頭眸光一閃，露出了一抹殘忍之色，從開始變一直筆直前行的兩道法線竟然在這個時候猛地一個轉身，在虛空中化出了一個虛幻的扇形，一條法線呈現出了九十度的模樣！

多出來的那一條邊，以寧塵完全沒想到的一種角度刁鑽而古怪地向著寧塵刺了過去。

一聲輕響傳來，寧塵頭腦中的眩暈之感還未完全消失，他好奇之下手指靈光一閃，便釋放出了納虛戒指之中的一柄靈劍！

這靈劍本身也是精品之物，堅硬無比的東西，也就比玄天靈寶差上一線罷了。可在法線的攻擊之下，竟然是直接斷裂成為兩截，噹啷一聲響，掉落在了地上，靈光消失，徹底淪為廢鐵了。

那一條轉向的法線只是被阻攔了輕微的一瞬間，便繼續向著寧塵的脖頸切割而去！

寧塵終於有了一絲認真之色，輕咦了一聲，一旦被這鋒銳無匹的法線切割到，就算寧塵現在是《九轉金身訣》的六層初期的肉身強度，也會被瞬間割下頭顱！

而法線之中所蘊藏著的那些本源之力，會在第一時間侵入寧塵的神魂之中，將寧塵的神魂破壞得乾乾淨淨！

神宮長老果然還是有些本領的。

「不要！」驚駭之下，周霜驚呼了一聲，美眸中露出了無盡的擔憂之色，纖美而潔白的手捂住了自己的嘴巴。

她目光一眨不眨的看著寧塵，好像是一隻受到了驚嚇的小小的潔白兔子，其他像落落、紅韻等美卻都是猛地轉頭，避開來了，不敢再看。

王陸等人本來興奮至極的神色也一下子陰沉了下來。

眾人關心則亂。

法老頭臉上露出了殘忍猙獰的笑，大笑出聲：「寧塵，今日便是你的死期，得罪神宮的下場不是你一個小小下界之人所能承受的。」

不過他的話音還未完全落下，那法線一閃之下，卻突然僵硬在了虛空之中，無法前行了。

一道縹緲而虛幻的劍氣憑空出現，不知何時攔截在了那法線的前方，本來將要落在寧塵脖頸上的法線也被這一道虛幻而縹緲的劍氣阻止了。

法老頭神色一僵，不過，他很快轉頭看向了刑一，咆哮了一聲：「動手！」

刑一臉上出現了一種陰險的壞笑，在他身前漂浮著的那虛幻的黑色墨斑塊，蠕動起來，變幻成了各種各樣的暗器，有墨針、有飛刀、有鐵蒺藜、有短箭……虛空中那詭異的墨香之味還漂浮不散，在這些暗器的表面，有些繁複而玄奧的圖案！那正是本源的標誌。

這時候，寧塵才明白刑一的本源來源竟然是墨！

他心中一動，對這種詭異的攻擊方式並不清楚，警惕之心生出，雙眸之中殺機一閃，耐心已經徹底消耗完了！

劍指一劃，軒轅神劍頓時在一聲龍吟一般的劍吟聲中出現在了虛空之中。

此時的軒轅神劍形態再一次發生了變化，清亮無比的劍身，宛若是一泓秋水一般純澈，變得更加纖細了一些，劍刃和劍尖處的寒光更加的迫人，有一種砭人肌膚的感覺。

「去！」寧塵輕吐出一個字，軒轅神劍頓時夭矯而動，在虛空之中一閃而沒，下一刻卻突然出現在了法線周圍。

崩！一聲琴聲傳來，軒轅神劍毫不客氣地斬落在了法線上面，法線在嗡鳴震盪不停。

軒轅神劍劍光依然很盛，在寧塵閃著強光的雙目中，再一次地向著包裏在寧塵周圍的四道法線斬落了下去。

哢！在清脆的琴音之中，卻突然響起了一聲難聽刺耳的聲音，宛若是琴弦被崩斷！

軒轅神劍應聲而過，那些半透明，鋒銳無比的法線在軒轅神劍一過而去的時候，直接將一道道法線斬斷！

軒轅神劍劍身清亮，寒光閃閃，在虛空之中一閃而逝。

噗！法老頭在法線被斬斷的瞬間，便受到了牽連，猛的一口鮮血突出，在他的身前形成了一片鮮紅的血霧！

他滿臉驚駭之色，瞪大了眼睛看向一臉殺機的寧塵，驚呼出聲：「這是什麼等級的寶物？這是聖寶嗎？你竟然擁有一件聖寶？」

恐懼之下，法老頭拼命後退，就像大白天見了鬼一樣。

他的法線堅硬無比，除了聖寶還沒有能夠直接將其這般輕易斬斷的東西，聖寶二字一出口，刑一也是瞳孔劇烈收縮，不可思議地看向了寧塵，露出驚駭之色。

聖寶不是大乘修士才能夠掌握的寶物嗎？怎麼一個小小的下界修士竟然有了這種東西？

聖寶這種東西非同小可，這種寶物可以直接影響靈界一個種族的生死存亡，比起兩三個合體後期修士還要重要！

一旦擁有聖寶，那鬥法戰力都是數倍的往上增加，也難怪法老頭一見軒轅神劍之威便徹底失去鬥志，直接想要逃走了。

而一旁的芸萱仙子，也是美眸閃爍，心中一動之下露出了疑惑之色。

按理說，聖寶一出，天地震動，別說是人族高層，甚至是一些外族之人，通過特別的手段也會有所感應。可寧塵的這一柄靈劍卻出現的悄無聲息，她神識散發而出，卻也是絲毫都沒有發現軒轅神劍的身影。

「法老頭，別慌了神，一旦逃走，你我都會萬劫不復！」見到法老頭一心想要逃走，刑一臉上厲色一閃，向著不斷先後退著的法老頭咆哮了一聲。

可此時的法老頭，早已經被軒轅神劍的凌厲一擊嚇破了膽，根本就沒有聽到刑一的話語，他此時哪裡還有一點點神宮長老的威風。

寧塵面無表情，殺機一閃而逝，他手指輕輕一動，在法老頭的背後，本已經消失不見的軒轅神劍又一次出現在了法老頭的背後。

嗤啦，一聲清晰的聲音響起，軒轅神劍落在了法老頭的脖頸之處。

噗，血柱噴起來，咕咚一聲，威風無限的神宮長老法老頭被軒轅神劍一擊之下直接斬落了頭顱。

鋒銳無比的劍氣霎那間湧入了他的身軀之中，將他的神魂也一瞬間剿滅，法老頭瞬間便死得不能再死了。

寧塵眸光豁然一轉，看向了刑一。

刑一以墨為本源，此時那種虛影形成的各種暗器密密麻麻地向著寧塵不斷攻擊而去。

不過，這些暗器落在寧塵的身上卻並沒有帶來實質性的傷害，寧塵卻愈發覺得眩暈了，這是直接攻擊在神識上的東西！

「欺凌我純陽無極宮這麼長的時間，也該做一個了斷了。」寧塵淡淡發聲，面無表情。

「去！」他輕輕吐出一個字，那無相靈火變幻而成的火鳥一聲厲啼，向著那些墨意飛去。

砰！蒼白色的靈火燃燒而起，將整個墨意包裹，而後延伸到了刑一的身軀之上。

一聲淒厲的慘叫聲響起，壓迫了寧塵如此之久的神宮長老刑一就這般輕而易舉地死在了寧塵的無相靈火之下。

寧塵無悲無喜，心緒並無特別波動，人到了一定的境界，有了強大的底氣之後，原先看似不可戰勝的威脅和壓力也會自然而然的煙消雲散。

這是應有之數。

他手掌輕輕一招，刑一和法老頭遺留下來的兩枚納虛戒指便一閃之下到了他的手心之中。

不過此時，並不是查看納虛戒指的時候，寧塵暫時將納虛戒指收了起來，看向了一旁的芸萱仙子。

「仙子仗義為我門下周霜出口，寧某感激不盡。」寧塵笑了笑，向著芸萱仙子禮貌的抱拳施禮，在他出關之際，其實就已經注意到了這人，見她是友非敵，便沒有多說什麼。

在這個過程中，玄寧盾、軒轅神劍和無相靈火各自化成一道靈光，分別沒入了寧塵的丹田之中。

芸萱仙子的美眸落在了軒轅神劍之色，露出讚嘆之色說道：「這靈劍可真是一件寶貝！」

寧塵笑笑，心中一動之下說道：「只不過是跟隨寧某多年，一直淬煉之下，比起一般的玄天靈寶鋒利一些罷了。」

如今，寧塵自信軒轅神劍已有聖寶之鋒利，可聖寶之事，非同小可，不管是誰，見到了聖寶都恐怕很難不動心，所以還是低調一點好。

剛剛從神宮和異族的巨大危機之中掙脫出來，寧塵可不想這麼快就因為聖寶再一次進入那種壓力巨大的境地之中，那種隨時都有可能被殺的感覺可不是好受的。

「我說道友這靈劍出現，天地間也沒有絲毫異象，原來還不是真正的聖寶。」

芸萱仙子露出恍然之色，對於寧塵的解釋信了一大半，她畢竟不是法老頭，對於法線的堅硬程度沒有一個實質的了解，加上本來就心生疑惑，對軒轅神劍不了解也是理所當然的事情了。

「寧某怎麼可能有一件聖寶，只不過是鬥法時候的一些心理壓迫手段罷了。」寧塵心中鬆了一口氣，繼續謙虛說道。

「年紀輕輕，便有如此驚人的戰績，看來我人族又要出一個絕世的人物了。」芸萱仙子也不過多的在軒轅神劍上面打轉了，看向了寧塵，發自內心的讚嘆了一聲。

寧塵搖了搖頭，笑了笑，沒有說什麼。

「道友可知道天道盟？」芸萱仙子突然想到什麼一般，看向寧塵美眸中帶著一絲期待詢問出聲。

寧塵點點頭，說道：「天道盟為我人族扛鼎勢力，所做的事情也讓寧某佩服不已，天道盟之名響徹靈界，寧某怎麼可能沒有聽過。」

天道盟雖說不輕易現世，但是天道盟之名卻在靈界很多地方流傳，特別是寧塵邁入合體境界之後，見識眼界也隨之增加，心中對天道盟本來就有一絲好感的。

天道盟這個勢力並沒有固定的城池，當中的人員分佈也並不清晰，但這個勢力在人族之中，卻享有最鼎盛的聲名。

可以說只要是人族之人，無論是多麼十惡不赦、殺戮滔天，在聽到天道盟之名之後，或多或少都會給一些面子。

而且傳說中，這個勢力之中是有人族大乘修士存在的！

天道盟並不去和眾多人族其他的頂尖勢力爭奪修行資源和地盤，平時天道盟人員都是零散分佈在人族各個領地之中，有人的道場在自成一方小天地的世界中，有的在七十二大城的城主府中當上了高層，有的雲遊天下，有的甚至在異族的某塊地盤上修行，不一而足。

可一旦有異族入侵人族，天道盟便會在最短的時間內集結起來，防禦人族現有的地盤。單單記載下來的真實大事件，天道盟就已經為人族擋下了三次滅族之禍！

天道盟有這麼鼎盛的聲名也就無可厚非了，所以雖說芸萱仙子在到了純陽城之後並未出手，一直都是在旁觀，寧塵還是對眼前的芸萱仙子抱著很大善意。

「道友聽說過便好，那我就不用多說什麼了。」芸萱仙子顯然也感受到了寧塵話語中的那一絲善意，嘴角勾了勾，露出了一個寧和的笑容。

「不過，我敢說，道友對於神宮這樣磅礴的勢力一定沒有一個清晰的瞭解。」

突然，芸萱仙子正色起來，看向寧塵話語嚴肅地發聲。

「哦？道友何出此言？」從芸萱仙子的話語和表現上，寧塵察覺出了不對勁，心中一動之下，看向芸萱仙子露出了求索之色。

在他原本的想法中，既然已經將刑一滅殺，斬斷了他和神宮恩怨的源頭，那短時間內，神宮應該不會來找麻煩了。畢竟他們相隔甚遠，而且依照寧塵現在的實力，神宮對他能有威脅的人，也沒有幾個了。

可此時聽芸萱仙子的語氣，卻並不像這麼一回事。

「神宮以人族巨城之一的神城為依託，這些年來狂攬人族管轄下的眾多地域資源，發展迅速，強者雲集，可道友並未有任何頂尖勢力為後盾，卻敢冒天下之大不韙得罪這樣的龐然大物，那當然是對神宮瞭解不夠透徹了。」芸萱仙子的話語中，帶上了沉重之意，美眸眨了眨，看著寧塵透出警告之色。

寧塵苦笑一聲，聲音依然平靜說道：「道友有所不知，神宮在我還在下界的時候，便通過降臨分身等手段控制下界勢力，對我下界資源進行貪婪的掠奪，無奈之下我只好和神宮結仇……來到靈界之後，又被屢次欺上門來，我一點不作為，這口氣實在難以下嚥。」

「咯咯咯……年輕可畏，在得知了神宮這般厲害的情況下，寧道友還能雲淡風輕，讓人佩服。」聽了寧塵的話，芸萱仙子盯著寧塵仔細看了片刻，沒有在寧塵的眼眸中看出一絲慌張之後，展顏一笑，頓時百媚生，反而是斂衽行禮，露出敬佩之色。

「我相信一旦給予道友時間，寧道友一定能夠成為我人族一大強者，將來壯我人族，一定少不了寧道友的身影……不過，眼下道友準備如何應對神宮之危？」芸萱仙子的話語中沒有一點恭維之意，這般讚賞的話語，讓她說得相當認真。

寧塵神色平靜，仰天長望。

「修道歲月漫長，寧某多少次渴望能夠到達這傳說中的合體之境，如今既然已經到了合體之境，自然是更上一層，向著更廣闊的天地而去了……」寧塵雙眸中露出了一絲渴望，修道的路途太遠也太艱難，竟然已經走了這麼遠的路，那只能不斷地走下去，一直走到終點！

他心中早已洞悉芸萱仙子想要拉攏他入天道盟的想法，可他卻並不主動說出來，一直吊著芸萱仙子的胃口。

「寧道友志向廣闊，不過神宮卻有一尊大乘修士坐鎮，道友一出手就絲毫不給神宮留面子，直接將神宮的兩堂大長老都給滅殺，這口氣道友不會覺得神宮能輕易嚥下去吧？」芸萱仙子眼睛眨了眨，意味深長地說道。

寧塵收回目光，眸光一動，終於顯露出一絲凝重之色。

之前雷萬鈞就和他說過，外界傳言，神宮疑似有一位渡劫失敗的大乘期修士，一直暗中苟活，可根據芸萱仙子的話來判斷，這可不像是渡劫失敗的存在，可能神宮是真有貨真價實的大乘期強者！

神宮實在太過強大，他一個微末崛起的修士，比起這些底蘊深厚的大勢力，還是差了很多。

「道友有沒有想過加入我天道盟？」見寧塵眸有憂慮之色，芸萱仙子終於展顏一笑，露出了狡黠的微笑。

她一路鋪墊，所為的便是這最後一句話，像寧塵這樣的天才怎麼可能會輕易地屈居人下，如果在沒有神宮勢力威脅的存在下，寧塵一定不會選擇加入天道盟。

天才總是期望最為廣闊的天地，加入任何一方勢力，都會束縛寧塵！

「加入……天道盟也不是不可以，只不過……」寧塵看到了芸萱仙子神色中的那一絲狡黠，卻不動聲色，洞若觀火，照目前的情況來看，加入天道盟，有一個強有力的後臺是明智之舉，寧塵內心說實在的，也想加入天道盟。

「只不過什麼，道友儘管開口，只要天道盟能夠做到的，一定滿足寧道友！」一見寧塵有了意動之色，芸萱仙子頓時展顏而笑，露出了喜色，大打包票。

「我生來閒散慣了的，還希望天道盟不要約束我做過多的事情。」寧塵將自己早已經想好的條件提了出來，這種事情得事先說好才行。

「咯咯咯……道友還真是想得長遠啊，像你這樣的人族天才人物，我天道盟也會愛惜得很，絕對不會有任何不合理的要求，更不會對道友有過多的約束，放心吧。」芸萱仙子一副恍然之色，寧塵這麼長時間不鬆口，原來是要提出這樣的條件，既然如此，她便爽快地答應寧塵。

「既然如此，那寧某之後便是天道盟的一員了。」寧塵聽了芸萱仙子的話，大鬆了一口氣，既有一個強大的靠山，又不用多做什麼事情，這樣的事情他當願意做了。

第三章

芸萱收徒

「唉，我人族各方勢力太多，七十二大城中也不乏高手存在，只不過大多數都是各自為自己的利益算計，久而久之，人族在靈界也就越來越弱了。」聽到寧塵答應加入天道盟之後，芸萱仙子突然回頭看了看寧塵身後的眾人，感慨出聲。

寧塵聽著芸萱仙子的話，略一思量，贊同地輕輕點頭。就從他來到靈界之後所見所聞，人族的人，從上到下都各自為自己的利益打算，竟然沒有真的碰到過一個有為整體人族考慮的人。

「寧道友的天賦戰力當然極為突出，而且道友對待眾多故人之情誼也是我所佩服的，在這純陽城中，我竟然看到了很久都沒有看到過的熱血！」芸萱仙子掃視著王陸、周霜等人，美眸中閃閃發光。

「不久的將來，純陽城一定能夠響徹靈界，更是能壯我人族！」芸萱仙子振奮發聲。

純陽城眾人的天賦實力她也看在眼中，陣法天賦的周霜、血脈強大的朱厭、體修的王陸、修行獨特的俠魁、于力……這些人看似如今不起眼，可放到任何一個大宗門、大城池之中，都是中流砥柱的存在！

這樣多潛力無限的人卻紛紛聚集到了純陽城中！再加上寧塵的庇護，一旦時間足夠，芸萱仙子都無法想像，這純陽城最後到底會發展成如何一副鼎盛的模樣！

一想到這種情形，見識廣博的芸萱仙子也不禁倒吸了一口涼氣，心中暗暗驚詫！對於寧塵為首的純陽城，竟然生出了一種久違的熱切期待。

寧塵輕輕一笑，說道：「道友過譽了，和人族的老牌城池比起來，純陽城還是差得遠呢。」

他神色平淡，臉上更是無悲無喜，讓人看不出任何的情緒變化。恐怕也只有完全熟悉寧塵的人，才能夠在寧塵那波瀾不驚的外表之下看出他眼底深處的那一抹期待了。

如今的寧塵，隨著修為突破到合體之境，在多年修道生涯的淬煉之下，心境更是無比的寧和，也多了那些老妖怪一般的深沉城府！

已經有了一大城之主的氣象。

「既然寧道友已經願意成為天道盟的一員，那麼……芸萱便有一個不情之請了？」突然芸萱仙子看著周霜的美眸眨了眨，話語一頓，有些尷尬地說出了這樣一句話。

以周霜的陣法天賦，就算是神宮都極為看重，這樣的人放在任何一個地方都是被當成寶貝一樣的存在，而她接下來要跟寧塵說的便是索要周霜的事情。

「道友直說無妨。」寧塵卻是眸光平靜，好像早已經洞悉了芸萱仙子的想法了一般。

「道友身邊的這個周霜，陣法天賦實在出眾，我在靈界修行多年，這個妮子也是我遇到的陣法天賦最好之人，而且早些年，她還獲得了我的下界傳承，如此能否讓我將這妮子帶走一段時間，正式收下她這個徒弟？」芸萱試探一下之後，發現寧塵並未有為難之意，心中一喜之下直接將自己的要求說了出來。

「周霜她們下界便得到了那陣法傳承，沒想到竟然是道友的，其實說起來也早已經有了師徒之實了。我是願意的，只不過還是要問周霜的意思。」有芸萱仙子這樣的陣法宗師主動出口要為自己調教周霜，寧塵當然願意。

「道友如果願意，這事情應該不難……」

說完這事情，話題一轉，兩人開始說一些靈界其他的一些事情了。

純陽城最高處的閣樓之上。

夜色朦朧，明月皎潔。

周霜一襲白色長裙，在夜風中飄飄飛舞，絕美的臉蛋上紅撲撲的，眼睛閃著光，看著身旁的寧塵。

「你突破到了合體境界，大家都很開心，剛剛的美酒佳釀喝得也就不由得多了一些。」周霜的聲音比起溫柔的夜色來還要溫柔得多。

在純陽城的大殿之中，此時觥籌交錯，仙樂之聲依然縹緲地傳來。長時間受到了生死的壓力，突然放鬆下來，在寧塵的發話之下，紫雕、落落、王陸、李鐸……眾人都聚集在一起，放鬆開心了一番。

寧塵心中寧和，在喝了幾杯萬年清釀之後，便來到了這閣樓之上。大殿之中，芸萱仙子還在和眾人愉悅地交談著。

聽著周霜溫柔的話語，寧塵笑了笑，伸出了胳膊，難得地主動將周霜攬入了自己的懷抱之中，溫聲說道：「這一路走來，的確很難，但終究是撐過去了。」

「你太厲害了。」周霜乖巧地躺在寧塵的胸膛之上，抬起了頭，眼睛中閃爍著崇拜的光澤，柔聲讚揚著。

「哈哈……」寧塵輕輕笑了笑。

「嗯，妹妹說得對，你太厲害了呢。」突然，寧塵自然垂落在身側的另外一隻胳膊被一個探著出來的小頭給擠開了。然後，一聲淡雅宮裝、身有淡淡異象的周焰靈也鑽入了寧塵的懷抱之中，調皮地眨了眨眼睛說道。

寧塵心中暖意生出，看著調皮可愛的周焰靈，伸出了指頭點了一下她秀氣美好的瓊鼻。

此時，兩美抬頭，對寧塵滿滿的都是崇拜神色。

三人依偎在這純陽城最高處的閣樓之中，遙望這溫柔的夜色，享受著靜謐。

「霜兒，等芸萱仙子離開純陽城的時候妳和靈兒也跟著她去吧，她的陣法之道非常厲害，在靈界也是大大有名的陣法宗師，跟著她對妳們有好處。」許久之後，寧塵抱緊了一下周霜，向她溫和發聲。

這兩姐妹，陣法天賦都不弱，不過周焰靈比起周霜來要乖巧太多了，只要是寧塵說出來的話，周焰靈都是無條件地服從。

周霜卻總還是有一些小脾氣的，所以，寧塵想要讓這兩姐妹跟著芸萱仙子學習陣法之道，說服周霜才是關鍵。

「哼，剛剛閉關結束，就要趕我們走，你是不是不喜歡我們姐妹兩個啦。」

果然，寧塵的話音剛落下，周霜秀拳一出，輕輕捶了一下寧塵的胸膛。

「哈哈哈……霜兒這是哪裡的話。」寧塵被周霜可愛的模樣逗笑了，笑著揉了一下周霜的頭，說道。

往日主持純陽城陣法的周霜仙子在眾人的眼中，是不苟言笑，高高在上的尊貴人物。可誰又能夠想像得到，這樣的一位仙子竟然在寧塵的懷中是如此乖巧可人。

「那你怎麼要讓我們姐妹跟隨那個芸萱仙子離開呢？我們不太想離開你。」周霜皺起了瓊鼻，輕輕哼了一聲。

周焰靈也點了點頭，露出了贊同之色。

「來自下界傳承的那陣法，妳們都已經研究得差不多了，而且妳們早已經和芸萱仙子有了師徒之實，如今見面了，她願意正式收妳，這多出一位名師指導，妳們都會有很大的提升。」寧塵知道這姐妹兩人是捨不得離開自己，便又勸說了一句。

兩人埋頭沉默了下來，抱著寧塵更緊了，許久之後才輕輕點了點頭，算是同意了。

第二天，得知這個消息的芸萱仙子頓時大喜，帶上了周霜靈姐妹，第一時間便向寧塵辭別離開了。

半空中，一隻通體青黑色的巨鳥風馳電掣而行，天空中的雲朵飛速向後退去。

巨鳥速度飛快，而且竟然有著煉虛圓滿的實力，飛行起來電光石火，如同閃電一般快捷。

巨鳥的背部寬闊而平坦，足可以容納四五十個人，背部的前方，有一裝飾精美的座椅，芸萱仙子正帶著周霜兩姐妹坐在平穩的座椅上煮茶觀雲。

周霜兩美還是一副悶悶不樂的模樣。

「要不是為了以後能幫到他更多，我才不會答應他離開純陽城呢。」此時，周霜的心情還沒有徹底好起來。

「嗯，不過以後我們學到更多的陣法，能夠給予他相應的輔助就多了。」周焰靈望著她們離開方向，溫柔說道。

「嗯，靈兒這話說對了，等妳們到了我的殘陣山谷一定會很喜歡那裡的，在那裡妳們一定會有巨大的提升！」被一直晾在一旁的芸萱仙子並沒有生氣，反而是看著周霜和周焰靈像看兩個絕世的珍寶，不斷地插話，想要和這兩姐妹溝通交流。

「希望能夠學到更多好的陣法吧。」周霜端起了桌上的靈茶，輕輕輟了一口，無精打采地說道，算是終於回應了自己這個便宜師父一句。

芸萱仙子頓時開心的連連點頭，她身為人族有名的陣法宗師，無論走在哪裡可也沒有受到這樣的冷遇。可被周霜兩姐妹這樣對待，竟然還是發自內心的開心，芸萱仙子心中默默思量，喜愛地看了看周霜和周焰靈，也是啞然失笑。

實在是這兩個徒弟她收得太滿意了，原先以為只有周霜的陣法天賦是最強的，可在發現了周焰靈之後，她只是和周焰靈簡單交談了幾句，便發現了令她狂喜的事情。

這周焰靈陣法天賦，也是難得一見的存在！

而且最重要的是這兩姐妹心意相通，控制起陣法來，那就不是一加一等於二那麼簡單的事情了。

這樣一來，埋藏在芸萱仙子心中數千年，相當重要的一處殘陣就有了破解的希望了！

這兩姐妹就像是天降的好處，讓芸萱仙子久久的興奮起來。

巨鳥狂飛，在芸萱仙子的一聲奇異聲音的催促之下，本來就如同青色閃電一般穿雲而過的巨鳥又一次加快了速度，一閃便是數百里的距離，悶頭趕路起來。

一路經過了莽荒、異族、人族領地，過了差不多一年多的時間之後，巨鳥終於在一座看上去毫不起眼的山谷中降落了下來。

「霜兒、靈兒，這便是為師的道場了。」芸萱仙子將巨鳥收入了靈獸袋中，指著眼前的山谷有些自豪地向著周霜兩姐妹介紹出聲。

兩美此時的心情已經好了很多，聽了芸萱仙子的話，不緊不慢地點了點頭，露出了好奇之色。

她們已經看了出來，這山谷並不像表面看上去的那麼簡單，很多無形的陣紋在虛空中不斷的蔓延，輕靈氣息將這一片地域都籠罩了起來，已經逐漸有了一番獨特天地的氣象！

這些隱藏的資訊也只有在陣法之道上登堂入室的人才能夠窺探一二。

這樣陣法之地，就算是合體後期的修士來了，輕則也要被困住數萬年之久，重則也要身受重傷，甚至隕落於此！

這地方屬於一處特殊的險地禁區，曾經有一位大乘期的修士來過，不過他也是面露一絲凝重之色，不精通陣法之道的人，根本不敢貿然擅入山谷之中，對於裡面的各種殘陣，展現出來一種忌憚之色。

周霜兩美終於是露出了一絲驚詫之色。

一旁芸萱仙子看到，嘴角勾了勾，得意地輕笑。

「妳們看到的還是我這殘陣山谷的周邊之地，我這殘陣山谷分為三層，最外面的一層妳們兩人如今便不需要闖蕩了，當你們兩人將剩下的兩層闖完，那在陣法之道上也就有了足夠的火候了！」芸萱仙子說著，手上靈光一閃之下拿出了兩塊傳音權杖。

「這是我殘陣山谷的權杖，在闖陣過程中遇到不懂的隨時問我。」權杖一閃，兩塊傳音權杖分別落在了周霜和周焰靈的手上。

「至於最後，為師還給妳們二人留著一個驚喜，好好修行吧，我相信妳們二人一定不會令我失望的。」芸萱仙子最後眨了眨眼睛，賣了一個關子，而後通體被靈光籠罩，一閃之下消失在了周霜兩人的眼前。

在兩美的面前，赫然出現了一條朦朧混沌的通道，便是通往殘陣山谷第二層的路途了……周霜兩人對視一眼，沒有一絲猶豫，眼神堅定地從通道之中走了進去！

等二人走進去，那通道在一陣青光閃爍中，很快消失不見，整個山谷又恢復了那種平淡無奇的模樣。

純陽城。

「我要去拜訪一番老朋友了，隨後還要在附近的地方遊歷一番，短時間內是不會回來的，你們將城池守護好，不要落下各自的修為才是。」城頭之上，寧塵一身青衣，無悲無喜，向著身後的王陸眾人告別。

在那日周霜兩美離開之後，俠魁等人也陸續離開了，回到各自的地盤了。

一年過後，寧塵也到了離去之時。

虛空之上，一葉扁舟，扁舟跨雲而行，舟上一襲青衣的寧塵長身而立，青絲飄揚，一副瀟灑至極的心態。

滅殺刑一之後，又加入了天道盟，在和芸萱的交流之下，寧塵得到了一個關鍵的資訊。

他如今是已經將神宮得罪得死死的，不過神宮卻也不敢輕易再派人來找他麻煩了，合體初期的修士有去無回，一旦來找寧塵，相當於主動送人頭。合體中期和後期的修士卻不是輕易能夠派遣出來的，至於大乘修士，閉關動輒就是上千年，而且牽一髮動全身，更不可能輕易出手。

畢竟在寧塵的身後，現在還有一個天道盟的存在。所以在短時間內，不管是寧塵還是純陽城，都處於相對安全的階段之中。

寧塵也放鬆了很多，悠閒在虛空而行，回想起了近一年來消化刑一和法長老玉簡的結果，這兩位不愧是人族頂級宗門神宮的長老，納虛戒指之中的寶物很多，兩人加起來有六株聖藥，還有記載著各種功法、典籍、靈界異事的豐富典籍，其中，寧塵在法老頭的納虛戒指之中竟然得到了一部能夠修行到大乘期的《歸元功》。

一年來，寧塵將這兩件納虛戒指之中的玉簡都查探了一遍。

在刑一納虛戒指之中有一枚上古玉簡，這玉簡是一位名為長隱道人的筆記，寧塵流覽了玉簡全部內容，耗費半天時間，這才從茫茫字海之中獲取了這短短的有用之語。

這是他首次終於在玉簡典籍之中，見到濱海之涯的消息，濱海之涯便是王陸當時獲得《九轉金身訣》的時候從那神秘之地獲取的一點點資訊中所帶著的一個地點名稱，王陸最後也就只記住了這四個字。

「濱海之涯傳說為上古流傳的仙人之地，據說是真仙聚會之地，當中藏有長生為仙，天地滅而身不滅的秘密。吾終生流浪靈界，尋找無果，推測不是靈界之地……」

「不是靈界之地，那這濱海之涯到底是在哪裡？」想著話語中的資訊，寧塵皺了皺眉頭，喃喃自語。

《九轉金身訣》失去了後續的功法，寧塵的肉身修行便徹底地停滯了下來，他試過按照以前的功法吸收星辰之力、陰陽二氣等等的一些能量物質，卻並未有絲毫的提升，只好無奈放棄。

《神禁觀想法》的那一幅玄蒙玉靈笛的圖案也已經觀想完畢，神識修行也停滯下來。只有修為還在緩緩提升，只不過這樣的提升在沒有足夠多的外物輔助之後，也變得相當緩慢了。

到達合體之後，適用的丹方已經極為稀少，就算芸萱仙子這樣成名多年的修士也竟然拿不出一張可用的丹方出來！

而且到達合體境界之後，能夠對修士的修為有提升的也只有聖藥了！聖藥又是極為珍貴的存在，輕易無法得到，就刑一和法老這樣心高氣傲的神宮長老的納虛戒指之中，也就總共得到了六株聖藥而已。

聖藥無法煉製成丹，寧塵直接將聖藥藥力在一年的時間內吸收完畢之後，修行速度便斷崖式的下跌起來。

這次出現，一方面他是要在附近地域逛蕩一番，另一方面也是希望能夠找尋到一些修行資源，以便提升修行速度。

不久之後，寧塵便來到了老朋友雷萬鈞的地盤。

通體銀色建築，造型奇特的雷城。

寧塵沒有刻意隱藏氣息，在到達雷城的第一時間，雷萬鈞便心生感應，熱情地結束閉關，出門迎接寧塵。

「哈哈哈，該叫你寧道友了……」大笑聲中，雷萬鈞滿目讚賞的看向了寧塵說道。

此時的雷萬鈞一頭銀髮，周身有著雷屬性的靈力密集分佈，形貌越發粗獷。

寧塵見到雷萬鈞，卻是神色一動，露出了笑容，抱拳向著雷萬鈞恭喜出聲：

「恭喜雷老哥突破到了合體中期境界，在修行上更上一層樓，想必將來一定一路突破，成為我人族頂尖修士！」

雷萬鈞聽了寧塵的話，卻是露出了一抹疑惑之色，上上下下打量了寧塵兩眼。

「果然不愧是利用天劫滅殺四大異族合體之修的狠人，而且神宮兩大長老也是說殺就殺，寧老弟這才是初現崢嶸啊！竟然一眼便識破了我的偽裝，看出了我真實的修為。」雷萬鈞詫異出聲，顯然已經聽到了這段時間以來有關寧塵的消息。他上上下下打量寧塵，修為明明是合體初期，卻一下子看出了他合體中期的境界，讓雷萬鈞對寧塵的神秘更加好奇了。

其實，這都是因為寧塵神識之力強大的緣故，在觀想最後一幅神禁觀想法之後，他如今的修為雖然是合體初期境界，可神識之力卻已經突破到了合體中期境界。

這一次來找雷萬鈞，一方面是敘舊，另外一方面寧塵也想從雷萬鈞這裡獲取得到合體丹藥方子和聖藥的方法。

在雷萬鈞開心的大笑聲中，寧塵被邀請在雷城住了下來。

三天之後，雷城之外，寧塵一身青衣凌空虛渡而行。

從雷萬鈞那裡，他再一次驗證了從芸萱仙子那裡得來的消息，無論是聖藥還是合體丹方，竟然都是這般珍稀難得的東西。

雷萬鈞手裡倒是有聖藥，他依靠雷城，這些年來也積累了一些聖藥，不過在突破合體中期之後，聖藥也被用得只剩下了七八株。

至於合體丹方，雷萬鈞也是沒有的，據他所說，合體丹方恐怕也只有人族最大的那三四處大勢力中的掌舵者手中才會有這種東西，一般是不會輕易流傳出來。

獲取聖藥的方式一方面就是自己領地之中的積累，另外一方面則是去靈界未被種族開發的那些莽荒之地之中採摘。

不過，這種莽荒之地的生物往往詭異而奇特，充滿了未知的危機，所以一般情況下是不會有人故意闖入莽荒之中的。

輕嘆了一聲，寧塵一邊虛度而行，一邊沉吟無奈起來。

看來短時間內，無論是他的神識之力、肉身之力還是修為之力，都不會有一個快速的提升了。

這個心念一起，寧塵便想趁這個機會重新回一趟小南天界和地球。

隨著寧塵修為突破到了合體境界，他越發覺得地球的神異了，想起銀河系外面，他驚鴻一瞥的那一座磅礴陣法，寧塵心中還是不免震驚！

眸光一閃，寧塵身形一閃便消失在原地，融入虛空不見了蹤影。

第四章

眾人的提升

混亂之城，城主府。

一棵虯結粗壯的大柳樹坐落在城主府的院子中央，輕風浮動下柳枝飄飄，垂落的滿樹柳枝下面，有一張圓圓的石桌，石桌旁邊坐著俠魁和于力。

如今，隨著寧塵修為突破到合體之境，混亂之城不管是人族的敵對勢力還是異族，都是退避三舍，不敢輕易招惹俠魁他們。

而且自從楚奇兩兄弟來到之後，俠魁和于力不用再處理混亂之城的事物，師徒兩人終日埋首在城主府之中，沉迷於武道，想要繼續開創武道的下一個境界。

此時，師徒兩人中間的石桌面上，擺放這一塊翠綠的玉簡，這玉簡之上，有一個獨特的圖形。

是一個上半身是人身下半身是蛇尾的奇異生物，這個圖形在靈界幾乎人人都認識，正是靈界第一大族天神族的標記！

「掌教送來的這塊玉簡雖然只是記載了天神族的普通功法，卻對我們的武道境界突破有著無可比擬的啟迪作用啊！」看著石桌面上的玉簡，俠魁滿臉都是崇敬之色，感慨著說道。

越是跟在寧塵身邊時間久，越覺得寧塵的神奇和不平凡，在他們這些人眼中的艱難困境，在寧塵輕而易舉的一個點撥之下便往往能夠遊刃有餘地化解掉！

就像這塊玉簡，師徒兩人困在武道之中的迷惘無解，得不到一絲的啟發，不過現如今隨著這塊玉簡的出現，兩人流覽之後，瞬間獲得了啟迪。

「寧前輩實在太厲害了，跟在他的身後，是一種榮幸。」于力抬頭望天，看著高遠的天空，輕聲說道。

「是寧前輩給與了我們接著走下去的可能，能夠讓我們在武道上不斷前行。」俠魁好像壓抑著自己的興奮，聲音有一點微微的顫抖。

「這一條路一定是對的……」于力也握緊了拳頭。

柳枝在兩人的頭頂上搖擺，于力和俠魁對視一眼，兩人目光一閃。

霎那間，天空中便有莫名的虛影一閃而逝，在一片飄落而下的柳葉之上，便突然多出了一個小小的漩渦，而這個小小的漩渦通體釋放出金光，當中竟然蘊含了一種隱隱超過煉虛圓滿的磅礡力量。

這個小小漩渦在瞬間泯滅，連同那片柳葉，好像從未出現過。

這便是俠魁和于力的一眼之威，隨著他們在混亂之城深居簡出，鑽研武道，積累之下，已經初成氣候……柳葉能在一眼之威之下泯滅，以小及大，修士也會在這一眼之威之下泯滅！

走出下一步的方向已經找到，接下來便是積累的過程了。

純陽城外，落落坐在紫雕的背上，迎著輝煌的落日向著遠處而去。落落搖晃著擱到外面的雙腿，輕輕哼著地球上的一首歡快的歌曲，拍打著紫雕的背部。

純陽城中，缺少極寒之地，冰屬性的靈氣稀薄，其實並不適合落落和紫雕的修行，隨著寧塵威名遠揚，沒有人敢在招惹純陽城，紫雕落落等人也不用守護在純陽城中了。

這兩個略一商量之下便從純陽城中離開，要去適合他們修行冰系功法的寒冷之地了。

落日的餘暉之下，一隻巨大的紫雕周身朦朧的籠上了一層金光，在紫雕的背部，是一個搖晃著雙腿，一身潔白衣裙的小姑娘。

紫雕一路飛行向北，最後在一處接天的高峰之上降落。

寒天雪地，雪片飄飛，濃郁的冰屬性靈力在虛空之中彌漫，落落在雪地之中飄飄起舞，宛若是冰雪世界中的仙子。

「紫雕，師父說你很有可能是妖族三大種族之一的通天神雕，你真的是這麼尊貴的血脈嗎？」興奮之下，白皙的臉蛋變的紅撲撲的，好奇地眨著眼睛，向著紫雕問道。

在寧塵眾多門下之人中，儘管都各自團結，一心對外，人人對寧塵更是無比的忠心！

不過，這些人中也有各自關係好的，就像落落，平時和其他人接觸的少，和紫雕走得最近。因為同是寒系功法的修行之人，加上當初落落到過極寒之地，也和紫雕早已經有了香火情。

「應該是這樣，在寒系力量之外，我也有雷霆之力，這和那通天神雕的天賦神通是一樣的。」紫雕平日裡凌厲的目光在和落落在一起的時候，也柔和了很多。

「哇，那可是有著邁入大乘之境的萬分之一可能性的！」一聽紫雕肯定的回答，落落一雙眼睛忽閃忽閃，滿是興奮之色。

紫雕笑了笑：「開始修行吧，掌教已經邁入合體，我等還在煉虛徘徊，不能落掌教太遠了。」

落落點點了頭，嘟嘴不快說道：「師父修行速度也太快了，還誇讚我的天賦好呢，他的天賦可比我要好上一百倍的！」

在寧塵的面前，落落這樣的天才人物也難免自慚形穢。

按照落落的天賦，不說靈界其他的種族，人族之中絕對是頂尖的天才人物，足可以比肩神宮的聖子之類的人物。

「妳的天賦已經很不錯了，如今又是在適合我們的冰峰之上，到時候妳一定能夠追上掌教的。」紫雕出言鼓勵。

看著這個可愛的小女孩，紫雕心中不免溫和起來，當初寧塵向牠囑託過照顧落落的事情，紫雕一直都記在心裡，不僅是在小南天界，就算來到靈界之後，這個囑託紫雕也一直沒忘！

不知不覺間，牠對落落也有了一種疼愛之情了。

在寧塵威名的庇護之下，他門下眾人都不再有殺伐爭鬥的煩惱，而是一個個都有了大把的修煉時間。

俠魁、落落、王陸、周霜、李鐸等等，都在純陽城統治範圍之內尋找到了適合各自的修行地域，剛在靈界立足的純陽無極宮也是在欣欣向榮地發展著，純陽無極宮的這些中流砥柱也有了一段相對較長的專心修行時光。

一切都在向著好的方向發展著，純陽城統領附近的地域之中，王陸霸將、小冰女、周霜奇陣仙子等等的名聲也漸漸地流傳了出去。如今，就算是那些擁有合體高手坐鎮的勢力，也不敢輕易招惹純陽城中人。

純陽城的統領範圍之內，不斷有各式各樣的靈物上貢到了純陽城之中，大多數都供給了眾人的修行，只有最珍貴的聖藥和極為稀少的那些珍貴煉器材料都被留在純陽城中保存了起來，為寧塵留存著。

純陽城的潛力巨大，只要給純陽城時間，隨著寧塵的成長，和眾多潛力出眾的門下中人的強大，絕對有可能成為下一個人族的頂尖勢力！

雷城、雲上之城兩大城池，也和純陽城有著互補的關係。

至於原先對寧塵抱有敵意的荒城，畢竟是人族的城池之一，在寧塵的授意之下，純陽城也與之暫時交好了起來。只不過，作為原先在雷城和雲上之城之中起主導地位的荒城，如今卻被純陽城三城排除在了外面，略顯尷尬。

那位荒城的城主雲遊四方，並未曾回來，心中有了記恨的荒城長老，無奈之下也只能是在私下裡暗罵一聲寧塵，憋屈地等待著荒城城主的歸來為他找回場子了。

對於這一切，寧塵心中都已了然，不過，此時的他早已經不在靈界之中了，而是通過黃沙城外那個隱蔽之極的陣法悄無聲息地來到了小南天界。

從那個地底空間的陣法之中走出之後，寧塵周身的氣息便一瞬間消失無蹤，他的腰間，懸掛了一塊通體翠綠的欺天陣盤。

這欺天陣盤是之前周霜姐妹閒暇之餘研製的，比起她們之前佈置的陣法又要玄妙不少，有著掩蓋合體氣息的神奇效用。

否則以寧塵此刻的修為，一旦真的被小南天界的天道感知到，恐怕極有可能引發虛空塌陷、萬里崩塌的可怕反應！

背負雙手，寧塵默默打量起了地底陣法，四個角上的靈寶此時在他神識的感應之下也瞭解得更多了。

「真是玄妙！」看著這四角之上的靈寶，寧塵眸光閃爍著自言自語了一聲，他心中默默思量著，這四件靈寶在這裡已經度過無數年的歲月，在歲月的腐蝕之下，竟然還能存在，這曾經起碼是頂尖聖寶的等級，甚至是更高等級的法寶。

畢竟在這麼漫長的歲月中，它們依然能夠保持聖寶一般的威能，這四樣寶物全盛時候的威能，寧塵實在無法想像。

「這裡的陣法，到底是何人所建……」寧塵心中驚詫，到了合體之境，反而越發覺得這件事情的神秘和詭異，他站在原地沉思良久，想要從靈界獲取的那些典籍之中理出一些線索，卻久久未果，連同地球、小南天界和靈界的這一神奇的傳送陣，一定在構建之時，也是極深刻的秘密！所以這通道才會在無盡的歲月之中保存下來，一直都未曾被發現。

「構建這一通道到底是為了什麼目的？」寧塵輕輕皺了皺眉頭，不解地自言自語，在巨大的地底空間之中來回走動、觀察、沉思，死寂的空間中最後只剩下了他輕微的呼吸聲。

良久之後，寧塵卻一無所獲，無奈輕嘆一聲，身上靈光一閃，便從地底空間之中離開了。

他知道，這通道這陣法一定隱藏著一個極為重大的秘密，可如今線索稀少，想來想去，寧塵也實在想不出這秘密到底是什麼！

至於這陣法四角之上的靈寶，雖是珍奇，寧塵卻無法拿走。這套神奇的陣法靠著這四件靈寶支撐，一旦寧塵將這靈寶強行拿走，這陣法也便毀滅了，連接地球的中間樞紐也就消失了。

在不知道這個陣法秘密的情況下，寧塵是絕對不會破壞掉這其中任何一件東西的。

他隱隱有一種感覺，這個秘密有著巨大危險的同時，也蘊含著巨大的機緣！

從地底空間離開之後，寧塵閃身融入虛空，幾乎是呼吸之間，他通過龍門的一個傳送陣，便出現在了純陽無極宮的山腳之下。

迎面便有一座巨大的雕像引起了他的注意，這雕像通體雪白，巨大的就像是額外加在純陽無極宮山脈之中的一座山峰，被放在在眾多山峰的最前方，統領群峰！

而雕像的模樣正是寧塵自己，雕刻得栩栩如生，正是寧塵平日平靜負手，遙望遠方的模樣。

摸了摸鼻子，寧塵心中無奈一笑。

什麼時候，純陽無極宮竟然這般高調了，竟然是直接把他塑造成了一個雕像，如今的純陽無極宮中，還留下寧塵不少從地球帶過來的故人。

想起黑龍囂張搞笑的模樣，寧塵腳下的步伐不由得也加快了一些，不只是黑龍、葉孤樓、姜糖等人寧塵都希望能夠見到。

這一次，他會將這些人通通都帶到靈界去，以如今靈界純陽城的威名，也足夠可以庇護他們了。

寧塵神識一散而出，霎那間便遍佈整個純陽無極宮的山門了。

他下意識地想要尋找這些故人的蹤跡，卻輕咦了一聲，露出了意外之色，此時的純陽無極宮，貌似正在被人挑釁攻擊。

而純陽無極宮此時的負責人赫然便成了黑龍和葉孤樓兩人，這兩者都已經突破到了化神層次，不過葉孤樓走的是武道，而黑龍屬於妖修，一身妖力驚人，雖然他們都沒有達到化神的圓滿層次，但實力也都停留在了相當於化神七八層的程度。

而攻擊純陽無極宮的人身紫袍，滿臉的絡腮鬍鬚，正坐在一座華美無比的靈輦之上面露猙獰的俯視著下方的黑龍和葉孤樓。

在這紫袍人的那華美靈輦的周圍，站立著幾位紫衣修士，這些修士的胸前，繡著三個字：紫魔宗！

「嘎嘎……你純陽無極宮霸佔小南天界資源已經不是一天兩天了，難道真的以為靠著寧塵這個破雕像就能嚇到我嗎？」明顯是紫魔宗宗主的人壞笑著，不屑對著下方的黑龍和葉孤樓嗤笑著。

「汪！媽的，紫老魔，你說我們都可以，你可不要說寧塵啊！他的名字不是你一個小小的魔頭能夠提及的。」一直都黑著臉的黑龍聽到紫魔宗宗主說到寧塵，瞬間就不淡定了，本來已經化成人形的他直接發出了一聲犬吠之聲，呲牙咧嘴的怒罵出聲。

「紫老魔，小心禍從口出！我們掌教的威名可不是我們純陽無極宮的人說出來的，而是他實打實的打出來的！」葉孤樓雙指成戟，冷冷指著紫魔宗宗主，雙眸蘊含濃濃的警告之色。

「嘎嘎……寧塵？老掉牙的一個人，恐怕早已經死在了飛升靈界的天劫中了吧？」葉孤樓和黑龍相繼發聲，紫魔宗其他人都是面色一變，很是凝重的模樣。不過紫魔宗的宗主此人卻是毫不在意，顯然是在來此地之前，便早已經下定了決心。

這些年來，寧塵已久不現身，寧塵麾下的王陸、紫雕和俠魁等人一個個也消失了。

純陽無極宮中，便只剩下了黑龍和葉孤樓兩個還算有些本事的，可紫魔道人一身魔功驚天動地，早已經突破到了化神圓滿之境！根本看不起葉孤樓和黑龍兩個未曾到達化神圓滿境界的人物，前幾年本就蠢蠢欲動，卻因為忌憚寧塵的威名一直未動！

前段時間，小南天界出現了一份煉虛機緣！純陽無極宮勢力遍佈整個小南天界，第一時間就得到了消息，加上黑龍和葉孤樓本來就是兩個手快的人物，在最短的時間內就將那份煉虛機緣給搶到了純陽無極宮之中了。

等紫魔道人反應過來之後，寶物早已經被兩個藏了起來，大怒之下，紫魔道人便直接打上門了。

如今的小南天界，他紫魔道人可是第一高手，怎麼可能畏懼一個早已經消失在小南天界的寧塵？煉虛機緣可不是隨隨便便就會出現的。

「紫老魔，我們你當真不怕我們掌教降臨嗎？」聽了紫老魔囂張的嘲笑聲，葉孤樓和黑龍對視了一眼，這兩人一直以來朝夕相處，早已經有了無比的默契。

兩人心中知曉這紫魔宗宗主的本事，就算是利用寧塵傳下來的寶物，加上二者之力，也是無法取勝的，兩人同時露出了堅定之色。

「嘿嘿！只要我得到這份煉虛機緣，馬上就能飛升靈界，寧塵又算得了什麼？你們兩個識相點給我滾開，老子的耐心已經徹底沒有了。」紫老魔眸光之中殺機閃爍，神色無比的冰冷。

「純陽無極宮是寧塵留下的，我們拼死都要守護！」黑龍吼了一聲，呲著牙，露出了狠色。

寧塵門下之人，可沒有一個軟柿子，黑龍葉孤樓雖然都是受到寧塵的庇護成長起來的，但是他們也都是從血腥的拼殺之中提升實力，遇到這種生死危機，反而是被激發出了狠勁。

「找死！」紫光一閃，這紫魔宗的宗主身形瞬間就消失在了那華美的靈輦之中，下一刻，他竟然突兀出現在了葉孤樓的身旁，詭異一笑！

雙手猛然揮出，虛空中頓時便出現了十條紫中帶著紅的爪印！

紫魔術法噬魂千紫爪！

當紫魔宗的宗主身影消失在靈輦的瞬間，黑龍和葉孤樓便同時面色大變，全身肌肉緊繃警惕了起來。

同在小南天界，這紫老魔的名聲他們也聽說過，知道厲害，神識散發而出，卻並沒有感應到紫老魔的身影！

當紫老魔突兀出現在葉孤樓的背後的時候，他脊背瞬間汗毛倒豎，卻只來得及召喚出了一面護體盾牌！

那十道詭異無比的爪影瞬間便落在了這塊護體盾牌之上了。

砰！一聲金鐵交擊之聲響起，這塊護體盾牌在這爪影之下竟然直接碎裂成了兩半，而後狠狠的轟擊在了葉孤樓的脊背之上。

噗！葉孤樓整個身軀被擊飛而出，口噴鮮血，氣息萎靡了起來，看向紫老魔的目光中帶上了驚駭之色。

「你……竟然又有進步。」這紫老魔有著修行魔功的絕佳天賦，異軍突起於小南天界，比起前段時間來竟然更加厲害了。

「嘎嘎嘎……葉孤樓，滅殺你這個天下第一宗的掌舵人，也好像很有成就感啊。」看著葉孤樓驚駭的模樣，紫老魔露出殘忍的笑容，咧嘴陰冷說著。

「老葉，你沒事吧。」一旁的黑龍心中也是驚詫，看著受傷的葉孤樓，又擔憂不已。

「還好，死不了，有掌教留下來的盾牌守護……」葉孤樓咳出了一口鮮血，面如白紙，掙扎著看了黑龍一眼。

「汪！媽的，今天看來是要拼命了。」兩人儘管驚駭無比，卻依然有著血性，黑龍咆哮了一聲，呲著呀宛若是一頭紅了眼睛的猛虎。

「不要不知死活，只要交出那煉虛機緣，我可以就此退走。」看著黑龍和葉孤樓的模樣，紫老魔厭惡之色一閃而逝，心中一動之下竟然是語氣緩和的說出了此話。

「嘿嘿……紫老魔，掌教留給我們的純陽無極宮不可辱！掌教更是不可辱！今日你已經打上純陽無極宮的山門，今日之事就已經無法了去。」葉孤樓吞下了一顆丹藥，神色猙獰而堅決，冷笑出聲。

「嘎嘎……化神修為，一朝毀於一旦，你們可不要後悔！」紫老魔戾氣一閃，他本是出聲引誘黑龍和葉孤樓，想要讓兩者主動交出那一份煉虛機緣，可佔據下風的這兩者竟然是比他還要厲害的模樣。

「不就是出了一個小南天界第一高手的寧塵嗎？今日我就將此人的雕像毀掉，看你們還堅持什麼！看看寧塵會不會真的出現。」紫老魔心中怒火中燒之下，直接冷笑盯住了純陽無極宮山門之前那巨大的雕像！

第五章

回到小南天界

雕像刻畫得栩栩如生，寧塵一臉平靜，遙望遠方，一種一派宗師的氣度自然而然地散發了出來。

看到雕像，還有那個紫老魔囂張至極的神色頓時抽搐了一下，寧塵的模樣深深地印刻在了小南天界幾乎每一個修士的心上，對於紫老魔來說，同樣如此。

當寧塵名揚小南天界的時候，紫老魔還才剛剛突破化神不久，寧塵無敵的形象早已經印刻在了他心中。

如今，就算是面對寧塵的一尊雕像，當紫老魔想要將他毀滅的時候，還是忍不住心中有些不安起來。

「寧塵……恐怕早已經死在了飛升之劫上了吧？不然不會這麼多年沒有任何消息！」這不安很短暫，只是片刻便被紫老魔強行壓了下去，他猙獰一笑，露出了不屑之色。

「別動我們掌教雕像！」

「紫魔宗，動我們掌教雕像就是跟我們整個純陽無極宮的人作對！」

「紫老魔，你一定不得好死。」

純陽無極宮的山門之內，眾多純陽無極宮的弟子被葉孤樓和黑龍牢牢地守護在了護宗陣法之中。

可陣法之中的弟子也早已經看清楚了紫老魔的動作，一個個激動起來，群情激奮無比，向著外面的紫老魔大聲地威脅，一點都不怕這位如今的小南天界第一人。

陣法之中，姜糖俏臉沉了下來，如今這局面其實很是危險，紫老魔畢竟是如今小南天界的第一人，如果他一心想要對付純陽無極宮，那這些視純陽無極宮為家的激進弟子一定會死於非命！

姜糖心中有些擔憂，這些弟子雖然修為不足，可一個個都是小南天界天賦出眾之人，更重要的是對寧塵足夠忠心！

陣法中，有的弟子悲憤之下已經全身靈力激蕩，飛身到了寧塵雕像下面，一副不惜自爆保護寧塵雕像的模樣。

這些如果真的被紫魔宗所害，那是相當可惜的，站在純陽無極宮山腳下的寧塵將這一切都收入神識感應之中，看著那些視死如歸的弟子，寧塵心中略有些感動。

至於跳樑小丑一般的紫老魔，他卻多看兩眼的興致都欠奉。

突然，一種大宏願出現在了寧塵的心中，神識感應中，他看著純陽無極宮的眾多弟子，有元嬰、有金丹、有築基，甚至還有煉氣……

這些弟子單單修為來說，只不過是螻蟻一般，寧塵卻想將來有朝一日把這些弟子都帶入靈界之中！

這在別人看來，幾乎是瘋了一般的想法，是完全不可能實現的異想天開，可寧塵卻認為未來一定會有機會！

「嘎嘎嘎……一群被洗腦，不知天高地厚的小人物，就算老夫今日毀了這雕像，你們又能怎麼辦？」紫老魔滿臉都是不屑之色。

黑龍、葉孤龍神色更加陰沉不善。

紫老魔無視這一切，他就是要將純陽無極宮人心中的驕傲給硬生生地打沒了，他揮衣袖，一道紫色匹練無聲無息間射出，徑直向著寧塵雕像而去。

如果這一擊落在雕像之上，不只是雕像會被毀滅，站在雕像旁邊保護雕像的眾多普通弟子也會神魂俱滅！

這紫老魔不愧是以魔入道，殺伐血腥氣不是一般化神修士可比的。

暗中一直注視著這一切的寧塵皺了皺眉頭，此人真是找死！

寧塵曲指輕輕一彈，虛空之中頓時便有一道無形的漣漪劃過，落在了那紫色匹練的上面，無聲無息間，紫色匹練泯滅消散。

寧塵的手段是合體之後利用冥冥之中天地間的本源之力，雖然這不能被小南天界天道察覺到的一絲，卻比化神圓滿階段的能量高級太多了！

在場的眾人，連同感應到寧塵發出這一絲能量的資格都沒有，眾人眼睜睜地看著紫老魔的隨意一擊就這樣輕而易舉地消失了，都瞬間露出了詫異之色。

紫老魔更是覺得詭異無比，神識霎那間散發而出，向四周輻射而去感應著四周一切的動靜。

很快，毫無所感的紫老魔狐疑地看向了一絲未損的寧塵雕像，露出狐疑驚懼之色。

「紫老魔，現在知道厲害了吧，趕快退去，免得惹來殺身之禍。」不同於紫老魔的不安驚懼，見到這一幕的葉孤樓和黑龍對視一眼，都是露出疑惑之色，看向紫老魔的時候，兩人都是一瞬間得意起來。

黑龍咂巴著嘴巴，將身體搖搖晃晃的，絲毫沒有了剛剛的凝重和戒備，雖然是位於紫老魔的腳下，可那一雙狗眼之中的不屑小視，清晰無比地呈現出來。

此時，他就差說一句：紫老魔，你天生就沒有我們這般好運氣，能夠投入寧塵門下，本質上就和我們有著差距。

葉孤樓和黑龍下意識自以為是寧塵暗中留下的手段在保護他們，壓根就不敢往寧塵親身降臨小南天界的方面想！

因為上一次寧塵離開小南天界，去靈界的時候說得清楚，他不會輕易再來此地。

看著黑龍一副小人得志的模樣，紫老魔肺都要快氣炸了！

「你……你們不就是有一些寧塵留下的隱形手段嗎？還真的以為能夠嚇到我紫魔宗嗎？」紫老魔在屢次感應沒有發現任何存在之後，便也覺得是寧塵留下的手段在起作用。

得不到那一份煉虛機緣，他煉虛無望！怎麼能夠甘心，這般輕易放棄。

「哼！今日如果不交出那一份煉虛機緣，我一定將你們純陽無極宮徹底覆滅！雞犬不留。」紫老魔雙目血紅，一股血腥味隨著他的話語聲，瞬間傳遍了整個純陽無極宮，殺機無限！

暗中的寧塵輕聲一嘆，以他現在的身份修為，本是不願意接觸紫老魔這般的化神小修的，不過此人卻是不知進退，狂妄到如此地步。

說不得，寧塵也正好在輕嘆聲中現身而出了。

當那一道身著青衣的身影緩緩現身而出的霎那，天地間也好像瞬間靜止了，一切都宛若停滯！

黑龍瞪大了眼睛滿臉不可置信，葉孤樓本來張開嘴巴久久闔閉不上，瞪著眼睛看著寧塵所在的方向……

正要動手的紫老魔獰笑之色僵硬在了臉上，刷的一下，渾身冷汗一下子冒了出來，臉部肌肉在劇烈的恐懼之下不受控制地抖動著，看上去非常可笑。

寧塵？他心中不斷狂喊出聲，現身而出，一身青衣的寧塵和雕像上面一模一樣，並不難認出來。

他竟然沒有死？他為什麼非突然出現，難道真的是從靈界回歸的嗎？

在這一瞬間，紫老魔心中念頭狂閃，可這般不可一世的老魔頭，卻是逃跑的念頭都不敢生出。

「寧……寧前輩？晚輩紫魔宗宗主，見過……不，拜見前輩！」恐懼之下，紫老魔的聲音都在顫抖著，忐忑無比地向著寧塵深深地跪拜了下去，低下頭不敢再多看一秒。

寧塵靜靜注視著紫老魔，卻是將視線從他的身上移開，懶得再看。

跪伏在地上的紫老魔渾身顫抖，卻不敢抬頭看一下，只是兩隻耳朵豎起，聽著寧塵的動靜。

寧塵看著眼前熟悉的景象，在純陽無極宮生活過的片段像是走馬觀花一般在心頭追憶了起來，從他剛來小南天界拜師學藝，到如今成為合體大修，從靈界回歸小南天界，一切都是那樣的久遠，又好像一切都近在眼前，恍若隔世間讓寧塵不由得也生出了一些滄海桑田之意。

純陽無極宮就像是他在修行世界中的家一般，這裡的一草一木，在任何時候都會讓他生出溫暖的感覺，這裡他們培養出來的一個個門下眾人對他的擁護和敬佩又讓寧塵更加的喜愛。

「汪汪汪……主人，真的是你嗎？」在久久的震驚之後，黑龍首先反應了過來，頓時張開了嘴巴，伸出了舌頭，哈了幾口氣，一臉興奮地一邊叫一邊想著寧塵衝了過來。

一個飛撲，直接撲到了寧塵的懷抱之中。

「老大，還真是你啊！」一葉孤樓、姜糖、純陽無極宮一眾門下弟子更是一個個無比的興奮，所有人的目光都轉移到了寧塵的身上，注視著他。

在此之前，他也下界過幾次，但都沒有在所有人面前出現過，因為當初神宮的威脅猶在，他實力還不夠，必須隱藏起來。

可現在不同了，他有了自保的底氣，那麼在下界自然就可以拋頭露面了。

縱使這小南天界還有神宮的人在暗中打探情報，但對於寧塵下界，他們肯定也無法瞭解到他是本體降臨的，畢竟只要有些手段，願意付出一些代價，便可從靈界派遣分身下界，這是非常正常之事，不會惹起什麼嫌疑！

紫魔宗剩下的那些紫袍人，一個個哪裡見過這般盛大的場面，看到自家的宗主紫老魔跪伏在了地上之後，一個個渾身顫抖，無比的恐懼，也緊跟著跪在紫老魔的身後，不敢再多說一句話。

此時，在場的眾人哪裡還看不出來，剛剛紫老魔那凌厲一擊，攻擊向雕像的那一道紫色匹練一定是寧塵出手化解的。

「哈哈……你這傻狗，沒想到你也是修行到了這般程度，不錯……不錯……」

寧塵摸了摸黑龍的頭，溫和地一笑，臉上也露出了讚賞之色。

聽到寧塵熟悉又久遠的真實聲音之後，黑龍眯著眼睛笑著起來，非常的受用，寧塵不在的這些時日，他可是相當想念自己的主人的。

「掌教……終於盼到你回來了。」

「掌教，這次回來會在宗門之中待多長的時間。」

「掌教，王陸師祖他們現在如何了？」

隨著寧塵現身，純陽無極宮的危機徹底解除，護山大陣也瞬間撤走，純陽無極宮的人紛紛聚攏到了寧塵的身邊，七嘴八舌地問個不停。

在場的很多人中，有的還是金丹、紫府修為，他們的師父師祖在寧塵面前也都是完完全全的小輩，可這些人對寧塵也只有敬畏，卻並沒有疏遠，遙望著寧塵，神色無比激動。

久久的熱鬧過後，眾人這稍微冷靜了下來，寧塵含笑，看著熱鬧的景象，並未說話。

久在暗淡的洞府之中一人閉關，動輒就是十幾年，寧塵心中的孤寂也在逐年地積累起來。如今，看著這熱鬧的景象，他竟然也有些喜歡。

「純陽無極宮在你們的手中發展得不錯，我很滿意。在接下來的幾天，我會開設道場講解道法。」寧塵見這些弟子一個個眼巴巴的模樣，也起了長輩對晚輩的一絲疼愛之心，便向著眾人淡淡宣佈出聲。

這話落在眾多弟子的眼中，一個個都是狂喜！

一個至少是煉虛級別修士的道法講解那可不是輕易能夠聽到的，這對普通弟子來說，那可是堪比一枚能夠破境丹藥一般的機緣！

紫老魔苦苦追求那一份煉虛機緣，可寧塵單單是一次的講解道法便絕對不會弱於小南天界任何一份煉虛機緣！

聽到寧塵此話之後，紫老魔終於抑制不住那種濃烈的嫉妒之意，這嫉妒之意竟然暫時壓過了對於寧塵的恐懼，他眼神深怨地抬頭看向了一臉興奮之意的黑龍和葉孤樓，心中暗暗誹謗不停。

「跟在寧塵身後，這優越感果然不是憑空而來的，我不惜冒險拼命也無法得到煉虛機緣，可別人卻輕而易舉地能夠得到。」此刻，紫老魔不甘之意飛速放大起來，卻突然感應到了什麼，渾身一抖，不由自主地看了過去。

寧塵目光平靜，再一次將視線落在了紫老魔的身上。

「你這小魔，竟然敢打純陽無極宮的主意，真是活得不耐煩了！」寧塵身影低沉，看向了紫老魔，不鹹不淡地說道。

而紫老魔聽著，卻只敢深深地低頭埋首，渾身顫抖不敢多說一個字。

「紫老魔，早就提醒過你，你就是不聽，現在如何？」黑龍一臉得意，葉孤樓受了一記紫老魔的攻擊，對此人更是有了一抹恨意，緊隨著黑龍冷哼了一聲。

「晚輩狗膽包天，得罪了寧前輩，還望前輩……饒了晚輩這一次吧。」紫老魔在強烈的恐懼之下，聲音顫抖地向著寧塵祈求寬恕。

他本是無意之舉，可落在黑龍耳朵裡邊不樂意了，頓時罵罵咧咧地說道：「老子是狗怎麼了？老子可是寧塵的狗！」

黑龍一臉自豪之色，罵著還不解氣，揮動雙手，頓時一道爪影應聲而出，直接落在了老老實實的紫老魔的身上。

他卻不敢多哼哼一聲，只是口吐鮮血。

「你這小傢伙，倒是也聰明，竟然不主動逃走，以我的身份，對付你這麼一個完全低頭的晚輩，倒是也不好將你斬殺……」寧塵輕笑，摸著下巴淡淡發聲。

「不殺，那就廢了吧？你說怎樣？」

此時，原本聽著這一切的紫老魔跪伏著的臉上，露出了一種無奈，在寧塵的面前，他的確沒有反抗的能力。

這一刻，隨著寧塵話音落下之後，眸光一閃，雙眼之中一抹光澤一閃而逝。而跪在地上的紫老魔卻突然一怔，而後霎那間露出了一抹極致的痛苦之色！

無聲無息之間，也不見寧塵有任何的動作，他一身化神期的修為竟然在他沒有感覺到身軀之中任何痛苦之意的情況下消失無蹤！一眨眼之間，紫老魔竟然重新變成了一個煉氣期的修士！

他苦修數萬年得來的化神修為，竟然在寧塵的手段下徹底消失不見了。

他的痛苦來自心靈，這是比身軀上的痛苦更加痛萬倍的一種極致痛苦，紫老魔猛地仰起了頭，雙眸血紅無比，充滿了怨毒。

在這一刻，他幾乎想要立刻和寧塵拼命，就算是死了也在所不惜。

寧塵眸光一冷，頓時虛空中便有一股比萬年玄冰都寒冷的寒氣一閃而逝，紫老魔一個激靈，突然恢復了理智。

「多謝……前輩。」紫老魔硬生生地控制住了情緒，充滿不甘地向著寧塵深深跪伏下去，而後黯然退走。

一代化神老魔，卻是在寧塵的一眼之下如此狼狽，看到這一幕的黑龍、葉孤樓等人一個個興奮無比，看向了寧塵充滿了崇拜不解。

寧塵如今到底到了何種地步？這是在眾人心中冒出來的相同疑惑！

姜糖在寧塵的幫助之下，原先糟糕的天賦也越來越好，如今也已經修煉到了元嬰後期的境界。

純陽無極宮中，在這些年的積累之下，也有很多原先天賦出眾的人已經修煉到了元嬰後期的境界。

在之後的兩天中，寧塵留在純陽無極宮中講解了一番道法，想必，在他的這一番講解之下，又會冒出一批化神境界的人來了。

虛空而行，寧塵臉上露出了滿意的笑容。

他從純陽無極宮中悄然離開了，回想著在他臨走時候告訴眾人的那句話，和眾多弟子那激動如狂的反應，寧塵心中也不禁湧出了一股熱流。

他告訴眾多弟子，只要達到化神中期境界，便會帶著這些人飛升靈界！這對純陽無極宮的弟子來說，無疑是天大的福音！

小南天界突破化神境界的有那麼多人，達到化神圓滿的人也不在少數，可數十萬年來，縱使是化神圓滿的修士，也不敢說一定能夠飛升靈界成功。

真正飛升靈界的人都是鳳毛麟角、稀有的傳說之人！

可寧塵卻給了純陽無極宮弟子無限的希望！飛升靈界意味著有更大的機會，意味著修為能夠更進一步，意味著更多的天材地寶，太多的東西讓純陽無極宮的人嚮往了。

不知不覺間，寧塵重新回到了地底空間，這一次，他沒有過多的停留，而是利用陣法直接開啟了反向傳輸，向著地球而去。

地球和小南天界有著異常驚人的時間流速差異，隨著寧塵見識的增多，他也發現這也是一個相當怪異的一種狀態！

這些年來，他可從未聽說過有哪兩種地方能夠有這麼巨大的差異，漆黑寂靜的太空之中，一點宛若遙遠星辰一般的光澤一閃而逝，寧塵一身青衣現身而出。

他遙望著那一刻蔚藍色的星球，神色滄桑。

地球的時間流速太慢，寧塵不敢多做停留，在此時，他卻猛地停下了身形，有些意外地輕咦了一聲。

以他現在合體期的神識廣度，還是無法將籠罩著銀河系的磅礴無比的陣法完全覆蓋，可卻是出於本能，在他來此的第一時間，神識便輻射了出去。

就在剛剛，他神識感應之下，磅礴無比的陣法卻莫名多了一種親切感，這種親切感只是淡淡的一絲，卻被剛剛出現的寧塵捕捉到了！

以寧塵現在的心境修為，任何時候都能做到心如明鏡，世間大部分的幻覺都已經無法影響到他，能夠讓他有莫名就有親切感的存在更是少之又少。

所以在這感覺出現的一瞬間，寧塵一怔，停下了腳步，藉助著這一絲和陣法的莫名親近之意，寧塵對這陣法的感知突然變得無比的敏銳起來。

寧塵以前屢次探索這籠罩著地球的磅礴陣法，卻從未發現任何一點漏洞。可此時，他雙眸之中精光一閃，牢牢地用神識之力鎖定了那磅礴陣法的核心之處！

寧塵身形一閃，消失不見！

下一刻，他便來到了這陣法的核心之處，冥冥之中，心有所感。

他厲喝了一聲，手上道印閃爍不停，以陣法核心為原點，打出了一道道的陣紋！

他在陣法之道上雖然沒有周霜姐妹研究透徹，更沒有芸萱仙子的深厚底蘊，可達到合體之後，依靠著神識之力和修為之力的支撐，也能短時間內釋放出不凡的陣紋！

隨著寧塵飛快結印，那一點肉眼不可察覺的灰光閃過，寧塵打出的陣紋一條條的落在了那點灰光之上。

這灰光在陣紋的籠罩之下，在一點點的變大，逐漸由小米大小的一點變成了綠豆大小，寧塵臉上露出了振奮之色，手上的道印打出得更快了。

時間流逝，短短半個時辰過去，寧塵的額頭竟然已經見汗，而原先的漏洞也已經變成了臉盆大小！

這漏洞擴大竟然是非常吃力的事情，而且越是擴大，消耗的修為越多，到了最後，寧塵幾乎要動用全部實力。

不過地球沒有天道的存在，縱使寧塵合體的修為全部動用，卻並未引動任何天道排斥，到了最後，當這漏洞擴大到了一個人大小的時候，便徹底的無法繼續擴大了。

透過這一片漏洞，看向地球的時候，寧塵卻是忍不住露出了震驚無比之色！眼前地球的轉速竟然是變得奇慢無比！

這看似正常的時間，無法影響到它，地球在時光長河中如同被人定住了一般，無法受到正常的時間流速所影響！

這種手段，太過驚人了，利用這種時間流速上的巨大差異，做到了欺天之舉！

那莫名存在對時間的理解和利用，早已經遠遠超出了寧塵的想像，也不知道到底是多麼強大的存在，才能夠有這般的神通手段！

此時，因為這陣法對寧塵的親近感，逐漸地還讓他有了對這陣法小部分的控制權，他能感受到剛才這陣法像是感知了他的血脈之力，在檢查之後，這陣法對他的親近之感，更加變強了不少。

在發現這一點之後，寧塵嘗試控制著這方天地的時間流速，心意一動之下，他讓這裡變得和小南天界、靈界處於差不多的時間流速中。

這一刻，寧塵心中無比震驚，神識散發而出，仔細地籠罩周圍的一切！

神識一散而出，寧塵頓時倒吸了一口冷氣，再一次無比震驚。

在他的神識感應之中，原本還黑暗寂靜的銀河，卻出現了和他印象中的截然不同的一片景象，這一片景象以他所熟悉的蔚藍色星球為中心，輻射向了整個銀河系！

地球背面的那一片無盡的黑暗也模糊地呈現出了淡淡的虛影，神識越是靠近，越是模糊。

神識感應最清晰的一片地方只是小小的一角，卻呈現出了寧塵都無法想像的宏達和廣博，這一角是那片模糊天地中的一小片，像是一座島嶼，漂浮在蔚藍色星球之後。

蔚藍星球之上，有著無盡凡人生活的氣息，和島嶼上的渺無人跡有著極為鮮明的對比！

這樣的對比卻不是任何除去寧塵之外的修士和凡人所能見到的。

寧塵作為土生土長的地球人，磅礡陣法並不排斥，反而讓寧塵擁有了一絲控制權。外來修士根本無法通過那磅礡陣法的周邊，而地球上的凡人就算藉助科技，也不可能一下子看到一個合體修士所能看到的廣闊畫面！

而且這裡沒有天道之力的遮攔，他的神識要比在小南天界以及靈界覆蓋得更遠更快，不過整個銀河系終究還是太大，而且在發現被陣法掩蓋的真相之後，他神識在不少區域也發現被一種無形力量所阻攔，其中就有地球身後的偌大虛影，那地方如同才是真正的地球！

縱使被阻攔，他目之所及，也能看見虛影之中依稀可見到一些參天古木，還有各種山川河脈的幻影。

不過如今在這些幻影的下方，整體顯得無比的荒涼和死寂，毫無一絲生命的氣息，到處都是茫茫的黃沙在不斷地吹拂……

寧塵瞪著眼睛，看著所感應到的一切，心中發生了無比強烈的震動之感。

這才是真實的地球！

單單一個角落地呈現出來的神秘島嶼，便比那一顆寧塵熟悉的蔚藍色的星球大上了十倍不止！

而這麼無比巨大的世界竟然被全部都隱藏起來了，外顯的也就是那一個小小蔚藍星球，屬於那個龐大世界的中心點而已。

寧塵仔細探索著，這一刻，他心中又是震驚又充滿了疑惑。

到達合體之後，加上對這神秘陣法一些控制權，寧塵這才能夠窺探到真實的東西！

真實的地球，被那座磅礴無比的陣法給隱藏起來了！

這陣法不僅能夠影響地球上的時間流速，而且還將真實的地球隱藏了起來，這一切到底是為了什麼目的？又是什麼樣的存在，構建了這座無比磅礴的陣法？

他雙目漆黑，當中閃爍著光澤，看見真實地球之後，寧塵其實已經開始飛身穿梭了起來，他想要靠近真相。

只是當他嘗試著想要進入這個真實的地球之中，卻被一片無形的透明層給攔住了！

他想要利用和陣法的親近之感破除這層透明層，卻瞬間好像讓整個大陣都發生了驚天動地的震動一般，寧塵只好無奈後退，久久望著這片遺跡陷入了失語之中。

真實的地球，到底是什麼樣的存在？

許久之後，寧塵這才地球的虛影處收回了目光，當他轉頭四顧的時候，卻突然發現地球旁邊的那一輪皎潔的月亮也發生了神奇的變化！

月球的大小雖然並沒有什麼突出的變化，但是月球之上多了一層稀薄之極的靈氣。

不只是光澤皎潔的月球，銀河系之中的其他星球之上也或多或少地逸散出稀薄無比的靈氣。

靈氣，寧塵當然是一點都不陌生的，隨著他和磅礴陣法建立了某種莫名的聯繫，銀河系其他星球上的隱藏之處也展露了出來。

寧塵身形一閃，沒多久便直接出現在了月球之上。

當他要進入真實的地球的時候，磅礡陣法之外的又一陣法阻止了他，可他想要進入除去地球外的其他地方的時候，卻很是容易。

月球之上，無比的荒蕪，更是沒有一絲的溫度，無比的死寂和冰冷，寧塵站在茫茫無際的荒蕪之中，眸光閃動著，仔細感應著周圍的一切。

順著那一絲縹緲的靈氣，他凌空而行。

寧塵見到了神話傳說中月球之上冰潔美麗的桂樹，這是一片小小的桂樹林，可惜，整片樹林之中的桂樹都已經枯萎，只留下了當初的遺跡。

走走停停，看到了一處處小規模的神祇道場，看上去早已經破落，只留下了一片片的荒涼！

有一些殘垣斷壁，還有一些被風霜侵蝕的石柱、石桌……這曾經被遮蓋的痕跡，如今已經全部展露了出來。

第六章

月宮遺跡

大概半天的時間過去，寧塵看到了半座被掩埋在了沙土之中的宮殿！

這是他見到的最大規模的月球遺跡，這宮殿雖然被歲月侵蝕了很長的時間，可是還是能夠看得出來，月球上的這座宮殿通體竟然都是用透明的靈玉所製成的！

不過因為時間太過久遠，這些靈玉已經失去了靈性。

寧塵心中一動，閃身向著這座宮殿空缺出來的一個入口進去，順著宮殿缺口寧塵緩緩而行，向著這宮殿的最中心而去，終於見到了一處破敗的仙殿。

從殘破的那些斷壁殘垣之上，還是能夠看出這座仙殿在這個宮殿之中的無上地位。

一尊通體白玉的雕像被放置在這仙殿的門口，身形無比的優美，捏著一個柔美的道印，一雙雕刻的極為美妙的眼眸靜靜地望著前方。儘管經過了歲月的侵蝕，這雕像所刻還是優美無比。

以寧塵的高眼光，在看到這雕像的一瞬間，也是有些失神，不過片刻之後，他便恢復了冷靜，喃喃自語地感慨了一聲：「真是絕世佳人！」

寧塵神色平靜，望著白玉雕刻而成的女子雕像，眼眸微微失神。

片刻後，恍惚中，他輕嘆了一聲，喃喃自語：「不過就算這般風華絕代的美人也被歲月催……」

經過雕像，寧塵繼續向著仙殿的內部而去。

一張玉製的長桌之上，擺放著一枚發黃的玉簡，這是目前為止，他在這座宮殿中見到的唯一一枚玉簡。

寧塵臉面喜色一閃，拿起了那發黃的玉簡，想要看看玉簡之中是否有傳承存在，可惜玉簡卻在入手的瞬間變化成了粉末，飄散而去了……

歲月才是最無情的，能夠腐蝕世間萬物！

寧塵眸中，失望之色一閃而逝，繼續沿著這座仙殿的過道，一直向著裡面緩緩而行。

心中的震撼也成了一種莫名的感悟，在這個世界中，他能好像能夠感覺到那種歲月無情流逝的速度，死寂之中，感受到了歲月所帶來的那股巨大的力量！

仙殿的最中心，是一間小小的石屋，佈置得極為精美，石桌石凳上面被雕刻上了一些栩栩如生的小動物。

牆壁上，也帶上了些許色彩，不過牆體也漸漸剝落，到處都落滿了灰塵。

在一處石架上，有一個石盒，安安靜靜地擺放在石架上的最高層。

寧塵目光一動，神識掃過，石盒竟然有隔絕神識的作用，他雙手將石盒捧了下來，盒子被密封得很好，介面處嚴絲合縫，表面刻畫著一些神秘的陣紋。

這應該是被下了禁制的一個盒子，歲月流逝之下，禁制早已經失去了作用，隔絕神識的是這石盒本身材質的問題。

寧塵輕而易舉便將盒子打開，裡面是一枚宛若水晶一般的玉簡，表面雖有些發黃，卻實實在在地存在著，竟然還沒有徹底地腐朽。

寧塵喜色一閃，神識不由向著玉簡延伸了過去，《廣寒訣》。

頓時，一片洋洋灑灑的功法便映入了他的眼眸之中，當中的言語雖然晦澀，卻是古時候的文言文。

以寧塵如今的記憶力，飛快地掃過功法，當看到一半的時候，噚噚之聲響起。在神識進入之後，應該是脆弱的玉簡無法承受，就要碎裂而開！他加快了速度，又看了大約三分之一的部分之後，玉簡徹底碎裂化成粉末，後半段的功法卻早已經來不及看了，心中略有些可惜，不過記住了前部分功法也算不小的收穫。

現在看來，這種地方得到的東西一定都是上古修士流傳下來的，所以任何一份都是很珍貴的存在。

靈界之中，上古流傳下來的東西也是少之又少，只要是上古流傳下來的東西，那些萬世強盛的大族也是當成壓箱底的寶物來保存的！

又仔細看了看其他地方之後，沒有其他東西了，寧塵從石屋之中走出，離開了這處宮殿。

他身形閃爍，在月球之上游走，又找到了幾處遺跡之後，並沒有發現更多的東西，便飛離月球，向著週邊的金星、火星而去。

這些星辰表面和月球大同小異，只要沙土的顏色發生變化，那種宛若永恆一般的死寂和荒蕪卻是相同的。

在這些星辰之上游走，寧塵後續又找到了一些殘缺的玉簡功法和殘破早已經失去了靈氣的靈寶殘片之類的東西。

在金星之上，碰到了一座石碑，這石碑是在一處最龐大的宗門的遺址的最深處，上面密密麻麻地雕刻了很多奇異的符號，應該是上古時候的文字！

在查看之下，寧塵心臟怦怦跳動，急忙將這石碑上的符號都拓印了下來，這石碑上面所記載的很可能是上古修士所用丹方！

他現在正好缺少合體期修煉所用靈丹，也不知道能不能從這石碑上得到？

來來回回，大概過了一個月的時間，寧塵便徹底將銀河系之中的星辰都逛遍了，一些神祇的遺跡讓他心中充滿疑惑的同時，腦海中也浮現了地球之上先秦時期的各種神仙志怪的傳說。

難道地球上的那些傳說都是真的嗎？盤古、女媧、伏羲等等，月球之上的那位女子的雕像是否就是上古傳說的嫦娥？還是更加荒古傳說中的太陰神女望舒？

一切都籠罩在了迷霧之中，真相隱藏在了無盡的歲月長河了。

在這個過程中，寧塵利用對陣法的一絲控制之力始終將時間流速保持在了正常範圍之內，最後他解除了對陣法的控制之後，向著地球上的兩位老人所住的地方而去。

見到父母身體健康，臉上笑容滿面的時候，寧塵也沒有再過多打擾，而是選擇靜靜地離開。

帶著從遺跡之中找尋到的東西，和心中無盡的疑惑，寧塵通過陣法離開了地球。因為這一次的地球之行，他受益匪淺，需要好好地消化一下，而且他總感覺地球這裡曾經遭遇了什麼重大變故，否則地球上面的神話時代為什麼會突然中斷？他們都去了什麼地方？

而且這個秘辛，肯定不只是寧塵發覺了，在後世的地球上的修行者，應該也是發現了這個驚天秘密，然後去追尋這些神話中的人物了。

不然之前他在地球上，就不會發現那些修仙者的蹤跡……而這大陣所遮掩的，屬於在他們之前的更為輝煌的神話時代遺跡。

而這些去追尋者，已經走到哪一步？現如今是還在靈界，還是已經進入了傳說中的仙界……還是說，在尋仙的路上已經銷聲匿跡，不復存在了？

小南天界，寧塵並沒有過多地停留，將黑龍、葉孤樓和其他幾個化神七層之後的純陽無極宮弟子帶上之後，寧塵便直接離開了小南天界，向靈界而去。

寧塵短暫現身之後，消息很快由紫魔宗的紫老魔傳遞到了整個小南天界，小南天界一些對純陽無極宮居心叵測的人，終於是將心中對於寧塵死在了飛升大劫上的猜測給徹底打消了。

寧塵上界而來的修士身份更是令他在小南天界的威名更上一層！

就算純陽無極宮此時沒有化神高階的修士坐鎮，那些修為強大的修士也絕對不敢再招惹一點純陽無極宮。

所以寧塵雖然是帶走了小南天界純陽無極宮的高層，卻一點都不擔心，純陽無極宮依然是小南天界的第一大勢力！

此時，靈界，黃沙城外的那一片茫茫沙漠之中，靈界中所隱藏的那一座陣法靈光一閃之下，寧塵帶著眾人現身而出，二話不說便橫渡虛空而行，大袖一揮動之下，眾人便被卷了起來，風馳電掣一般向著純陽城的勢力範圍趕去。

不久之後，寧塵便搬到了如今的純陽城中，也就是原先的幻青城。

純陽城中王陸等人都外出修行了，只剩下了李鐸一人處理城中的一些事務。

黑龍葉孤樓第一次來到靈界，都是無比新奇，感受這靈界中那濃郁而純淨的靈氣，都是無比興奮。

「汪！這靈界的靈氣就是不一樣，真他娘的濃郁，在這待下去，傻子都能夠突破到化神境界！」

「老大威武啊，竟然真的將我們毫髮無損地帶到了靈界之中。」葉孤樓看向寧塵，滿臉都是崇拜之色。

李鐸含笑，看著新奇的眾人，好像在這些人身上看到了當初王陸、俠魁他們來到靈界時候的樣子。

「你這傢伙，來到了靈界好好修行，爭取早日突破到煉虛境界！」寧塵見到黑龍在純陽城中興奮地來來回回奔跑起來，是不是還傳出一聲又像狗叫又像人聲的叫聲，無奈搖頭笑罵一聲。

轉頭看向李鐸：「這些都是我門下之人，你替他們安排好的修行洞府供應修行靈丹，一切都以最高標準來。」

李鐸看向黑龍等，露出了羨慕之色。

如今，隨著純陽城的領域範圍不斷擴大，純陽城之人所享受的修行資源也分成了七八個等級！

像李鐸、王陸、俠魁等人是寧塵手下的元老級別的人物，是跟隨寧塵一起大江山下來的前輩，紫雕將、霸將、陣師等等這些稱號可不是憑空而來，那都是王陸等人打出來的名聲，他們所享受的便是最高等級的修行資源，並不需要做什麼，只要管好修行的事情就可以，在純陽城的領域範圍之內，自會有人將他們所需要的最好的修行資源送到他們手中。

黑龍葉孤樓並不知道最高等級的修行資源意味著什麼，李鐸可是清清楚楚，對於剛來靈界，還未到達煉虛修為，就能享受最高等級的修行資源，李鐸當然羨慕了。

「你們兩個傢伙，如果十年之內能夠達到煉虛境界，便能夠去器城挑選一件靈寶，十年之內達不到煉虛境界，那便失去了挑選靈寶的資格！」為了督促葉孤樓和黑龍修行，寧塵又拋出了一個巨大的誘惑。

「器城可是專門為我純陽城之人鍛造靈器地方，那裡所出靈寶都是頂級好東西！」李鐸也在一旁輕笑著，提醒黑龍和葉孤樓。

「主人，你竟然都發展出了這麼大的勢力，這才來靈界多少年啊，就已經這般強大了！動輒就是煉虛，而且還有一個專門煉製靈寶的城池？」黑龍一雙眼睛看著寧塵，幾乎要冒星星了，不可思議地喃喃自語。

來到靈界之後，他們第一次感到了這般無力，好像和寧塵已經脫軌了的感覺。

在小南天界，他們可以是作威作福的純陽無極宮第一高手，可來到靈界卻只是微不足道的小小化神而已。

寧塵知道，這兩個的天賦其實並不好，十年煉虛應該已經是他們最快的修行速度了，加上如今純陽城自發煉製的玄牟煉虛丹幫助，突破到煉虛境界，並不會太難。

說完器城的誘惑之後，便不再多說，他著急要整理一番從地球之上的所得，而後再想一想他離開的這幾年中，靈界的局勢變化。

「李鐸，將這些人合理分配，我就先走了。」寧塵說完，便一閃身消失不見。

「王陸他們沒在嗎？我們沒見過你，好像並不太認識啊。」寧塵離開之後，葉孤樓眼珠子轉動了一下，知道日後要靠李鐸，急忙露出了善意的笑容，主動向李鐸搭話。

「我是寧前輩來到靈界之後，開始追隨他的。」李鐸笑了笑，這兩位雖然是化神八層的樣子，但是李鐸卻並未表現任何為難之意。

寧塵對他的一些故人的情感是一般靈界修士無法理解的，這兩位只要背靠寧塵這棵大樹，別說是化神八層，就算是煉氣八層在靈界也依然能有瀟灑無比的日子！

「原來是這樣，誒，問你一下，我主人現在到底是什麼樣的境界呢？為什麼你這樣的煉虛修士都能成為他的下屬？難道他不是煉虛期嗎？」黑龍看著寧塵消失的地方，一雙眼睛轉了一下，心中好奇之下實在忍不住地向李鐸詢問。

「煉虛之上自然便是合體！」李鐸感慨說道，到現在，他依然覺得如今得到的一切都是夢一般。

寧塵如今是合體修士的事實讓他震驚無比，短時間內總是失神！

「合體？！」一聽李鐸此話，黑龍和葉孤樓對視一眼，兩人同時露出了好像見了鬼一樣震驚無比的模樣，異口同聲驚呼出聲。

「主人在下界時候修行速度快是出了名的，可沒想到，來到靈界之後，依然是如此的生猛！」兩人震驚許久之後，才回過神來。

黑龍頓時咂巴著嘴，露出了非常得意的神色，喃喃自語著，眼珠轉動好像在幻想美好的未來……

寧塵回到洞府之中，清點了一番地球遺跡之中的一番收穫，除了《廣寒訣》之外，還得到了一部殘本的《御禁術》。

《御禁術》之中，有著很多上古流傳的禁制，是和陣法之道同出一轍的東西，也是屬於相當珍貴的東西。

而後，在寧塵的一番查閱之下，石碑上的文字也被他破譯了出來，竟然真的包含了兩張合體階段能夠用到上的丹方！

只不過這兩張丹方之中，各有一味靈藥寧塵並沒有聽聞過，一頭霧水，剩下丹方之中所說各種配藥寧塵倒是能夠猜測個七七八八，從沒有聽過名稱的那兩味靈藥，分別叫做九頭紅芝和紫妖草。

寧塵心中暗暗猜測，是否這靈藥是上古時期所有，但是如今早已經滅絕的東西，如果是那樣的話就太可惜了。他牢牢記住了石碑關於九頭紅芝和紫妖草的模樣，只能等以後在靈界行走之後，暗暗留意了。

清點完這些地球上的收穫之後，寧塵正要閉關修行。

如今，雖然神識、肉身都無法修煉，修為在沒有丹藥的情況下，倒是也能修煉，雖然修為增長一定緩慢，但是也聊勝於無了。而且他突破合體時候所感悟到的一絲虛之本源的力本源和一絲實之本源的火本源只是那麼一絲。

本源之力是修士到達合體之後的基礎，是重中之重的存在，必須時刻留心感悟，不斷壯大本源之力，才能夠在修行的道路上越走越遠！

正當寧塵盤膝而坐，闔上雙目的片刻後，納虛戒指之中卻突然傳來了一陣清楚的聲響。

寧塵眉頭皺了皺，手往納虛戒指上一抹，靈光閃動間一塊青色的傳音玉簡便從中憑空而現。

「寧道友，天道盟發佈了一個任務，道友是否有興趣去異族走上一趟？」傳音權杖之中，傳來了芸萱仙子平靜的話語。

寧塵眸光一閃，露出了感興趣之色，通過傳音權杖，迅速回應了一句過去：「不知芸萱道友說的是什麼任務？」

如今，芸萱作為周霜姐妹的師父，也算是和寧塵同一個陣營的人，寧塵自然相信芸萱所說的任務一定有好處。

「奎目族道友應該並不陌生吧，這任務的發佈則是需要道友深入奎目族之中，找到奎目族中一位叫做奎鬼的合體中期修士，將此人殺掉，將他身上一種叫浮源土的靈物拿過來。」很快芸萱仙子便傳過來了消息。

合體中期修士算是合體修士中的強者，難怪芸萱找到了自己，她卻並不去完成這個任務，而且深入奎目族之中，本身就有著不小的危機。

這奎目族寧塵是知道的，是比人族還要強上一大截的靈界的百族之一，此族所在領域，一定是有著大片大片沼澤的地方，因為此族之人天生便是在沼澤之中生存的。

此族的土本源和毒本源是靈界的兩絕！

「芸萱仙子可真是看的起在下，這般有著生死危機的任務竟然找上了寧某……咳咳……」寧塵輕咳了兩聲，苦笑說道。

「哈哈哈……要是任務不難，我何必找你寧塵道友，以道友的神通威能，獨身一人滅殺四大異族合體修士的壯舉，我人族之中還沒有第二個像道友這般厲害的人物啊。只要將這任務完成，除了那浮源土之外的東西，在奎目族所得到的東西，都屬於寧道友。」

「另外，這人之前在我人族地界，屠戮了三座城池，吞滅了上千萬凡人還有不少修士的氣血精魂，實在當誅！」芸萱仙子奉承一句寧塵之後，馬上又拋出了相應的好處，還有將這異族所犯之事交代了一下。

聽了這好處，還有前因後果之後，寧塵還是有些動容的，不過他冒著巨大的危機去往奎目族，得到的東西本來就是他自己的，何必讓他人來送？

芸萱仙子雖然是周霜姐妹的師父，可這般不清不白的事，寧塵還是不能接受的。

「呵呵……道友說笑了，既然寧某前往那奎目族，所得好處當然是寧某的了。」溫和的笑了笑，寧塵還是表達出了自己的想法。

「咯咯咯……當然還有那位任務發佈者額外的十株聖藥的獎勵了，寧道友可真不是一個吃虧的主啊。」芸萱仙子咯咯笑著，話語中略帶些對寧塵的取笑之意。

寧塵一時無語，有些尷尬，不過一想到十株聖藥的獎勵，心頭便火熱起來。

「這任務寧某接了！」他果斷決定，向芸萱仙子傳音過去。

「寧道友果然是藝高人膽大，我就知道這任務你一定會接的。」芸萱仙子讚了一聲，很快就將那任務的一些具體細節傳遞了過來。

天道盟中，時不時會有一些人發佈任務。而發佈者並不露面，只會將任務寫在天道盟的一處集合之地上，包括獎勵也寫得清清楚楚、只要完成者完成了任務，獎勵也會隨之發放。

這些任務的發佈者修為最低也是合體初期修士，有的甚至是那些傳說中的大乘修士所發！

所以這些任務的含金量都是極高，一般情況下，也只有合體修士能夠完成了，所獲得的獎勵豐厚，當然相應的風險就高上很多了。

最後又向芸萱仙子問了一番周霜姐妹的情況，得知兩姐妹還在參悟殘陣之後，寧塵便徹底放心下來。

第七章 奎鬼

半月之後，在距離純陽城幾百萬里之遙的一座山峰之上，一身青衣的寧塵神色平靜，負手站立。

這山峰是人族疆域邊緣的一處名為青瘴峰的地方，只此一家小的城池，城主小小化神修為，並未發現寧塵的到來。

而從這裡通行，便能抵達異族的地界，特別是奎目族的領地，便是需要從這裡前往，根據天道盟的情報來看，那位叫做奎鬼的奎目族合體修士如今正在他的地盤中閉關修行，只要悄然潛入進去，便有機會將其擊殺。

而天道盟的高層已經事先打探好了，在奎鬼周圍的地界並沒有什麼強大的修士，只要時機把握得好，可以快速地功成身退。

幽暗的森林中有一塊方圓幾里佈滿腐朽落葉的沼澤地，瘴氣在沼澤的上空漂浮，將本來就光線並不充足的沼澤籠罩得更加模糊。

刺鼻的腐朽的味道在空氣之中漂浮著，一些暗青色的怪鳥發出一聲聲的怪叫，站在腐土之中一動不動。

腐土之中，有些腐朽的屍骸被埋藏起來。

這一切都讓這片詭異的沼澤地顯得神秘而可怕。

寧塵神色平靜地走到了這沼澤地的邊緣地帶，聽著寂靜的空中，響起那青色怪鳥的怪叫，心中暗暗警惕起來。

經過兩個多月的趕路，寧塵終於來到了天道盟情報中傳說中的那位合體中期修士奎鬼的地盤。

正是此時他眼前的沼澤，剛來到此地的上空，寧塵凌空向下看去，這片地域便被籠罩在了一層淡青色的瘴氣之中，神識竟然無法穿透。

他站在虛空中靜靜觀察片刻，這裡宛若是一片死域，除了那詭異的青色怪鳥是一種活物，偶爾動一動之外，便沒有任何東西活動的跡象。

「天道盟的懸賞任務，果然沒有一個簡單的。」心中嘀咕了一聲，寧塵猶豫了一下之後，還是身形一閃之下凌空而下，來到了此處沼澤地的邊緣地帶。

此時的他收斂了一身的修為氣息，整個人看上去就像是一塊無聲無息的石頭。

鼻間輕嗅，一股刺鼻的夾雜著酸腐、臭味的氣味傳到了他的鼻子之中，令他眉頭一皺的同時，竟然是頭微微眩暈了一下。

寧塵神色變了一下，這沼澤地中的氣味竟然也充滿了毒性！讓他這個堂堂的合體初期修士都能夠有所反應。

奎目族以毒為修的名頭果然名不虛傳，寧塵心中更加地警惕起來，靈氣慢慢充盈雙目，觀察著前方的一切。

觀察片刻後，他邁步而動，同時眼眸四處轉動，尋找著那奎鬼洞府有可能的入口之地，奎目族的洞府都深入沼澤的下方，深藏地底，只有洞口顯露在沼澤地的表面。

隨著寧塵第一步踏出，那本來一動不動的青色怪鳥刷的一下，全都轉頭看向了他，十幾雙漆黑的眼珠就像是有著生命的黑豆子，露出了邪惡的敵意，好像有著靈智，很是詭異。

寧塵腳步一頓，不等他做任何反應，那些青色的怪鳥雙翅風聲響起，青光一閃，便呼啦啦地朝著他的面門惡狠狠地衝撞而來。

「嘎嘎嘎……滾出去，滾出去，這是我們的領地！」同時，寧塵的腦海之中，突然想起了一種非常難聽的聲音，聲音中充滿了瘋狂和兇惡。

正是這青色的一隻隻怪鳥，直接向著他的神識傳音而響起的聲音。

呲！風聲迎面拂過，兩隻青色怪鳥鋒利的爪牙便毫不客氣地向著寧塵攻擊而去。

這些怪鳥此時動作之下散發出來的氣勢被寧塵輕而易舉地感應到了，牠們相當於煉虛後期修士的妖力強度！這一隻隻怪鳥便是相當於煉虛後期的修士。

果然不愧是合體中期修士的洞府，單單是看門的怪鳥，便能有如此修為。

冷冷看著迎面而來的那怪鳥，寧塵冷哼了一聲，並不顯露法力修為，而是簡簡單單的雙拳轟擊而出。

隨著他拳頭一閃而出，落在兩隻怪鳥的身軀之上，巨大的力量頓時傾瀉而出，兩隻青色怪鳥的身軀驟然炸裂，血肉橫飛四散，寧塵衣袖浮動，卻一塵不染的輕飄退出一步，瀟灑至極。

兩隻怪鳥的血肉四濺在周圍的的怪鳥的身軀之上，牠們本來漆黑的雙目驟然變得猩紅，更顯瘋狂，發出一聲聲怪嘯之聲，向著寧塵繼續攻擊而來。

「嘎嘎嘎……找死！」這些東西應該是明白了寧塵近戰的恐怖，也並不繼續飛撲而來，一隻隻的圍繞著寧塵飛速飛舞。

同時，利爪之上青光閃爍，一道道爪影形成，霎那間密集起來，宛若是無數鋒銳的箭羽，向著正中心的寧塵攢射而去！

而且這些怪鳥的口中，還發出了一道道拇指粗細的青色光柱，向著寧塵噴吐而出。

他腳下輕點，地面上的腐土轟然炸裂開一個大坑，巨大的力量從他的雙腿上出現，讓他身形不可思議的挪移到了旁邊十丈之地。

不退反進！寧塵雙眸中寒光一閃，在這些青色怪鳥還未反應過來調整攻擊角度的瞬間，身形繼續閃動。

砰！一聲沉悶的響聲傳來，而後便是砰然炸裂之聲，血霧升起。

血霧之外，寧塵青衣身影一閃而逝，一隻青色怪鳥便被他一拳轟殺。

砰！青衣身影在這腐土之上游走，沉悶的響聲不斷響起，僅僅是十息的聲音過去，寧塵周身青光一閃之下，便顯露出了身形，一身青衣，神色平靜，身上依舊是纖塵不染，虛空中漂浮著的十幾團血霧卻在緩緩消散。

瘴氣、腐土、血霧和青衣的寧塵，構成了一幅詭異至極的畫面。

隨著那些血霧的緩緩消散，寧塵卻是眸光一轉，看向了沼澤正中央，冷冷說道：「道友對於自己飼養的靈禽竟然是這般無情嗎？出手相救一二也懶得動手了？」

寧塵聲音不喜不怒，看著眼前空無一物的虛空，卻是異常的篤定。

那處地方，寂靜無聲，此地隨著那些青色怪鳥的怪叫之聲的消失，在一次陷入了詭異的死寂之中。

寧塵冷冷注視，視線並不挪動絲毫。

「嘿嘿，只不過是一些修為低弱的蠢物罷了，死了也就死了，想要培養輕鬆的很。」許久之後，寧塵所看著的那片虛空之中，一道黑色的靈光閃過，同時靈光之中，一道渾身包裹在黑斗篷中的暗影緩緩地現身而出。

同時，傳出了沙啞而充滿了殘忍之味的話語。

「不過你這人族修士倒是有些奇怪……」

黑斗篷將寧塵口中的「道友」包裹得嚴嚴實實，只有一雙閃著暗淡褐色靈光的雙目一閃一閃地能夠被寧塵看到。

此人在寧塵滅殺第八隻青色怪鳥的時候便悄無聲息地出現，隱藏在了剛剛的那片虛空之中。

寧塵神識力量強大，神識更是敏銳至極，在此人出現的瞬間便被他感應到了，在最後一隻青色怪鳥被寧塵滅殺的瞬間，此人便有了出手的之意！

不過，寧塵豁然轉頭，直接看向了他，讓他偷襲的打算落空。

「哦？我哪裡奇怪了。」神識一掃，此人的修為高深莫測，寧塵心中便已經確定，黑斗篷中便是天道盟任務中所說的那位合體中期的奎鬼修士了，他不鹹不淡，神色平靜地反問一句。

「嘿嘿，弱小的一個人族合體初期修士罷了，竟然敢深入我們奎目族的領地深處，而且還能夠發現我的存在，看來真是不一般啊。」奎鬼壞笑著，那一雙暗褐色的雙眸中，露出了譏諷之意。嘴上儘管是在誇讚寧塵，眼眸中卻是流露出了不屑冰冷的殺意，一副輕鬆至極的模樣，好像滅殺寧塵對他來說是一件非常簡單的事情一般。

「那就多謝道友誇獎了。」寧塵依舊神色平靜，心中雖是暗暗警惕，表面上卻毫不畏縮，聲音依舊不鹹不淡，不高不低地發聲。

「討厭的人族修士，看來還是沒有被我殺老實啊，難道真的要讓我再一次去血洗一座城池，或者覆滅一個宗門勢力，才能夠真的讓你們認識到我奎目族的厲害？」看著寧塵平靜之極的模樣，奎鬼聲音瞬間冰寒起來，幽幽的充滿血腥味道的發聲。

同時，他緩緩而行，包裹在黑斗篷中的面容也顯露了出來，一雙褐色的眼睛佔據了此人臉盤的一半，剩下的鼻子嘴巴，皺巴巴的縮小成一團，只有人臉的一半大小，非常醜陋。

「哼！殺我人族，今日便是你的死期！」寧塵冷哼了一聲，冰冷的殺意流瀉而出。

寧塵的聲音還未落下，奎鬼黑斗篷一展，黑光一閃之下，他詭異地看著寧塵笑著，直接消失不見。

同時，虛空中出現了十幾道暗褐色的霧氣，靈光一閃，變幻成了十幾條暗褐色的靈蛇，歪歪扭扭向著寧塵攻擊而來。

一股淡淡的血腥味在寧塵的鼻間飄過，強烈的眩暈之感讓寧塵身形一晃，同時他的臉色也竟然瞬間帶上了一層詭異的褐光！

「毒！」寧塵心中一凜，第一時間無比警惕起來，屏住了自己的呼吸。

奎目族最為出名的便是毒本源和土本源之力，而奎鬼身為合體中期的修士，使用起來更加有殺傷力。

雖然寧塵屏住了呼吸，可那種眩暈竟然是愈發的強烈起來，一股尖銳的刺痛從他頭腦之中傳來！

這毒竟然能夠直接影響到寧塵的神識，能夠污染他的神海！

不過因為寧塵的神識足夠強大，僅僅只是一瞬間，這異樣的感覺便被驅散了，要是換作其他的合體修士，可能真要著了道。

這一刻，手上靈光一閃，紅白相間的一團靈火赫然出現在了他的手上，正是合體之後，已經帶上了一絲火本源之力的無相靈火！

無相靈火剛一出現，便有一股熱浪席捲八方，讓本來無比潮濕陰暗的沼澤之地變得乾燥起來。

「嘿嘿……原來修的是火本源之力。」正當寧塵一甩手，想要將無相靈火甩出，應對那褐色毒蛇的時候，一聲怪笑響起。

奎鬼籠罩在黑斗篷中的身影又是一閃，一道粗壯的褐色霧氣光柱被他一雙掌一推之下憑空出現，轟然向著寧塵衝撞而來。

轟！寧塵還來不及避開，便被這光柱直接轟擊而中，那一束無相靈火好像也一時間無法承受這般強勁的攻擊，暗淡閃了一下。

奎鬼得意大笑，猙獰發聲：「小小一個人族合體初期，真是找死，竟然敢獨身而來！」

他並沒有注意到，寧塵雖然臉有褐意，不過只是一個呼吸之間，這褐意便開始飛快地消退起來。

「不過倒也是一個不大不小的好處，試著看能否將這個討厭人族的那一絲本源之力煉化一些，用來吸收壯大我的兩大本源！」奎鬼得意大笑之後，自言自語地出聲，已經在幻想徹底將寧塵滅殺之後的好處了。

寧塵並未選擇洩露一絲一毫的氣息，而是直接引動丹田之中的無相靈火在經脈之中游走，消除體內的毒氣。

呲呲！嘎！毒本源和火本源之力在寧塵的體內大戰，寧塵的耳邊突然響起了刺耳淒厲的尖叫之聲，內視之下無相靈火在一點點地將經脈之中的那種褐色靈蛇焚滅！

他臉上的那褐意在漸漸地消退，整個身軀重新恢復到了本來的顏色，幾個呼吸之間，便將毒本源之力從他的身軀中清除了個乾淨。

寧塵卻並未失去分寸，表面上依舊無比的平靜，眸光輕輕一轉，雙眸看向了奎鬼！

他眸光刷的一下冷冽下來，口中一聲輕叱，頓時便有一道虛無縹緲的劍意在虛空之中產生。

軒轅神劍在劍意之中應聲而出，直接動手！

刷！寧塵控制軒轅神劍，毫不客氣地便向著盤膝閉目而坐的奎鬼直接斬殺了過去。

一聲清脆聲響傳出，斬殺而去的軒轅神劍並沒有一劍刺穿奎鬼的身軀，而是被一塊毫不規則，滿是棱角的石頭模樣的靈物給擋了下來！

這塊石頭模樣的靈物散發出了朦朧的土黃色光澤，粗糙無比，像是未經過煉化一般。

看到此物的瞬間，寧塵卻是面色一動，露出喜色，此物正是天道盟任務中所提到的那浮源土！

浮源土，乃是土屬性靈物之中極為珍貴的物品，深受合體修士的追捧喜愛，這東西用來煉製土屬性靈寶，或者吸取其中所蘊含的土之本源都作用很好，其還有一種堅硬無比的特性，那就是需要頂級的靈火才能夠將其煉化，否則一般修士就算是得到此物，也無法輕易煉化。

一擊並未建功寧塵略有些可惜，不過看到此物的瞬間，卻是鬆了一口氣，終於還是見到了這東西！

「你，你竟然沒有被我的毒本源之力傷到？」寧塵的動靜瞬間讓奎鬼驚詫至極，因為他的手段，縱使是一些底蘊深厚的合體修士，也不能這麼輕鬆地招架！

「區區毒本源之力罷了，寧某卻還不放在眼裡。」寧塵眸光凜冽，早已經將奎鬼列入了他的必殺名單之中。而且他的無相靈火本來就是靈界頂級靈火，經過數次的進化，如今更是死死地將奎鬼的毒本源給克制住了。

「奎鬼，今日便是你的死期，殺我人族之債，只有你的鮮血才能洗刷！」寧塵厲喝一聲。

此時，寧塵對上他這個合體中期的修士竟然是無比自信，遊刃有餘。一時沒有反應過來的奎鬼，滿目都是駭然之色地跳了起來，不可思議地看向了寧塵，說不出來話，被寧塵氣勢所攝！

他不明白，這個合體初期的修士是哪裡來的這麼強的手段？要知道，合體之間的境界差距可是巨大的，合體中期修士和初期修士之間，一般情況下絕對是碾壓的存在。

寧塵神色平靜，對於奎鬼的驚疑不發一言，只是冷冷地看著他，一副深不可測的模樣。

趁著奎鬼還處於震驚之中，雙指成戟，向著一擊未建功之後倒飛而回，停留在虛空中的軒轅神劍又是一指！

此時的軒轅神劍已經是通天靈寶之中的頂尖之寶，距離聖寶也差一絲而已，被寧塵一指之下，頓時再一次散發出了犀利劍氣。

軒轅神劍應聲而動，縹緲劍氣在虛空之中閃爍而過，一閃之下竟然一化二、二化四、四化八！

眨眼之間，虛空之中便密密麻麻地出現了眾多軒轅神劍的虛影，而真的軒轅神劍卻隱藏在眾多的虛影之中不可輕易見到！

青幻劍陣！

從寧塵得到這劍陣的修行之法後，一直都在默默鑽研修行，在突破合體之境之後，終於修行到了大成階段。

此時的七十二道軒轅神劍劍影都有著軒轅神劍本體的三層攻擊之力，加上軒轅神劍本身的犀利，威能強絕！

這樣的劍意攻擊，絕對已經有合體中期修士的一擊之力。

果然，奎鬼一見到劍影威能，頓時露出驚詫之色，神色中露出了不安之色，怪叫了一聲：「怎麼可能？合體初期的人族怎麼可能有這麼可怕的攻擊之力！」

奎鬼一邊驚詫怪叫，一邊手中並不停歇，手中道印飛快地閃動起來。

眨眼之間，一土濛濛的黃鐘被他召喚了出來，立在了身前，這黃鐘之上，散發出了渾厚的土靈氣，圍繞著奎鬼飛快地轉動起來。

「去！」寧塵目光冷如寒冰，神色不動，輕聲吐出一個字。

那些密集的劍影便頓時應聲而出，宛若是飛落的疾風驟雨一般，向著那黃鐘攻擊而去。

叮叮噹噹！一陣激烈而清脆的響聲在此處響了起來，在劍影的攻擊之下，黃鐘響個不停。

雖然在不斷響起，有一塊塊的殘片從黃鐘之上掉了下來，不過奎鬼的身上不斷有黃色的土靈氣散發而出。每當殘片掉落，在黃色土靈氣的滋養之下，竟然很快恢復了正常，看到黃鐘終於將劍影擋了下來，奎鬼臉上的不安之色，這才消減了一些，穩住了情緒。

寧塵心中暗道一聲麻煩，皺了皺眉頭，此人畢竟還是合體中期的修士，比起當初所應對的合體初期修士，還是要強上很多，起碼渾厚的本源之力便不是合體初期修士所能夠相比的，在渾厚的土本源之力的支持之下，那黃鐘才能夠源源不斷地從破損中恢復過來。

寧塵雙眸中凜冽的目光又是一閃，體內的靈氣飛快湧動，宛若旋風一般在丹田之中飛快旋轉起來。

在靈力的湧動之下，軒轅神劍的劍光又是一盛，寧塵口中輕叱，本來的七十二道劍影又是一閃之下直接一分為二！

一百四十四道劍影圍繞成了一個圓圈，道道劍影都宛若是透明的玻璃，在寧塵的牽引之下，形成了一片由透明花瓣構成的花朵！這巨大的花朵卻有著犀利無比的攻擊之力，美麗卻有著無比可怕的危機！

就這還不甘休，寧塵手上法訣依然在變幻不停，在那一朵巨大花朵之外，又是憑空幻化出了一朵！

眨眼間三朵巨大的花朵成型，一閃之下，向著包裹奎鬼的那巨大的黃鐘而去。

奎鬼雙目駭然之色一閃，頓時變得血紅起來，他感受到了巨大的威脅，嘶吼一聲：「人族小兒，你不讓我活，我也不讓你好受！」

鏗鏗鏗！連續三聲巨花撞擊那黃鐘的聲音傳來，那本來還能支撐的黃鐘在這三朵巨大花朵的撞擊之下，頓時破損不少，而且這破損的速度比修復的速度快上很多，黃鐘被破壞只是眨眼間的事情。

奎鬼被逼到了死境之中，既然發出了超乎尋常的潛力，渾身猛地一震，土黃色的靈氣猛然爆發了出來，在這土黃色的靈氣之中，竟然出現了一絲絲的發亮細細線條，正是土本源之力。

這些發亮線條圍繞著黃鐘落在了上面，本來就要被破壞掉的黃鐘穩住了片刻。

寧塵神色冰冷，並不動容，劍指揮動，那巨花之上，每一道劍影閃過一道犀利無比的劍光，巨花的正中心，軒轅神劍本體更是劍身無比清亮！

一下子直接向著那黃鐘砸落了下去。

一聲巨響之聲，便是黃鐘的破裂之聲響起，堅硬無比的黃鐘直接被砸裂。

第八章

滅殺

奎鬼一口鮮血一下子噴出，受了不輕的傷，關鍵時刻，那浮源土又是擋在了他的前胸，救了他一命。

「人族小兒，我奎鬼今日不殺你，枉為合體中期之修！」絕境之中，奎鬼有著強烈的不甘，嘶吼了一聲之後，雙目無比通紅，露出了仇恨之色。

雙眸更是刷地一下，直接變得漆黑，無比詭異可怕，嘴裡面不斷地喃喃自語發聲，這幽暗的沼澤之中，頓時便響起了奇異的咒語之聲。

那些本來浮動在腐土之中的骨骸在這咒語之聲中竟然飛快地掙扎爬出，無比腐朽的味道飄滿了整個沼澤。

奎鬼的身上散發出了一層層的細碎的粉末，這些粉末發黑，緩緩飄散到了那些骨骸的身上。奎鬼利用毒本源之力，喚醒了這沼澤之中的腐朽生物！

刺啦一聲響，指頭之上直接出現了一道蒼白色的火焰，火焰之中閃爍著鮮紅的紅線。

正是無相靈火！

無相靈火一現，周遭那種腐朽潮濕的味道頓時散開，這靈火宛若天生就是這種存在的剋星。

「散！」寧塵輕吐一聲，無相靈火頓時便向著那些密集地向著他緩緩而來的眾多腐朽生物而去。

一束無相靈火散成了一個個的靈火小點，一旦落在那些腐朽生物之上，便直接嘩啦一下燃燒起來，劈裡啪啦之聲響起，在蒼白色的火炬之下，一個個腐朽生物都被寧塵的無相靈火滅殺。

不過，奎鬼卻被包裹在了腐朽生物之間，詭異的咒語之聲不斷響起，不斷有腐朽生物從沼澤地的腐土之中冒了出來，焚燒不盡！

寧塵眉頭皺了皺，已經失去了耐心，他額頭之上，一道溫潤的光澤閃過，一根通體白玉的笛子便在光澤之中現出，正是被寧塵觀想得來的玄蒙玉靈笛！

笛聲幽幽響起，聲音空靈而優美，雖然很輕，卻很快將奎鬼那一種詭異的咒語之聲給壓落了下去！

篤篤！隨著詭異咒語之聲的緩緩消失，那些不斷冒出的腐朽生物也漸漸地重新被埋入了腐朽的腐土之中了。

奎鬼雙眸中的漆黑之色緩緩褪去，整個人瞬間萎靡起來，露出了一絲迷惘之色，當看向寧塵的時候，卻瞬間駭然無比。

寧塵卻不等他做什麼，揮動劍指，一道縹緲的劍光閃過，奎鬼直接被斬落的頭顱。

凌厲的劍氣一剎那間沒入了他的身軀之中，將神魂也滅殺了個乾乾淨淨，一個殺戮無邊的合體中期異族之修就這樣死在了寧塵的軒轅劍之下了。

伸手一招，軒轅神劍倒轉而回，沒入他的納虛戒指之中不見了蹤影，玄蒙玉靈笛也散出一團靈光之後消失在了虛空之中，無相靈火一閃之下沒入丹田之中。

奎鬼的屍身旁邊，靜靜地躺著一枚納虛戒指，那浮源土也悄無聲息地掉落在了他的旁邊一動不動了，而此時，寧塵毫不客氣地將其收了起來。

寧塵身形一動，直接落到了奎鬼的洞府之中。

沼澤之下，是一處幽暗的深洞，不同於沼澤表面難聞惡劣的環境，這深洞之中，竟然有一種淡淡的靈香之味充斥著。

這裡竟然有一臉盆大小的一個小水池，水池之中的液體為乳白色，洞府中的那靈香正是從這乳白色的池水中飄散而出的。

整個深洞的靈氣無比的濃郁純淨，足足是外界靈氣濃度的百倍之多！寧塵作為純陽城的城主，可也沒有運氣享受這麼濃郁的靈氣修行環境！

他純陽城的洞府之中，雖然早已經被佈置了最好的聚靈陣法，可所彙聚而來的靈氣卻也不止此地的一半。

別看那小小一個小池，池中的乳白色池水更是少得可憐，可一旦被外界得知這個深洞之中竟然有這東西存在，別說是合體初期的修士心頭會無比火熱，這就算是那些鳳毛麟角的合體後期修士恐怕點都會陷入瘋狂之中！

這小小的一個小池可是天地之間靈氣化形之物——靈池！只有在靈氣濃郁幾十萬年之後，隱藏在一處從未被人發現之地，再孕育幾十萬年才能形成之物！

合體修士在沒有合適丹藥輔助修行的情況之下，最好的選擇便是能夠借助靈氣化形之物修行！而奎鬼洞府中的這方靈池，最少也能夠提升他二十倍的修行速度！

靈池的靈氣不僅僅是濃郁，更重要的是經過幾十萬年天地的淬煉，已經是無比純淨的存在，是修士和天地間連接物之中，最接近於天地本源的東西，所以才會對合體修士的修為提升有如此大的作用。

靈池只是天地靈氣化形中最基本的東西，傳說中這些靈氣化形之物依次還有靈溪、靈河、靈湖、靈海……一樣比一樣作用強大。而這等靈氣化形之物也只有修士到達合體境界之後，才有資格接觸一二，因為這些靈氣化形之物所產生的靈氣，低於合體境界之下的修士是完全無法承受的！

因為這些靈氣和天地間的本源接近，一旦吸入一口，對於合體修士是芬芳美物，對這些合體之下的修士卻是毀滅之物！

不過靈氣化形之物可遇而不可求，就算是最簡單的靈池，如果沒有天大的機緣，也是無法輕易得到的。

讓寧塵驚喜的是，來到洞府之後，竟然還有意外之喜，奎鬼竟然擁有一座靈池！

要知道，這靈池可是能夠挪移的東西，只要將奎鬼滅殺，將靈池挪移到他的純陽城之中，便能夠起到輔助修行的作用。

這東西保存幾十萬年是絕對沒有問題的，絕對可以當作是純陽城的一件珍貴無比的傳承寶物！

如今，他合體丹藥暫時無法煉製，靈氣化形之物便是最好的輔助修行之物，因為靈氣化形之物的稀有，寧塵當初是寧願考慮合體丹藥也沒有考慮去尋找此物。

現在卻是無心插柳柳成蔭了。

「沒想到，奎鬼竟然還有這般稀有的靈寶，真是少見啊！」寧塵臉色喜色一閃之下，拿出了隨身攜帶的玉鏟和玉鋤，迫不及待地將這方靈池給挖了出來，放到了一個專門的納虛戒指之中。

將浮源土收起之後，寧塵直接打開了奎鬼的納虛戒指，本來還是想看看此人納虛戒指中寶物的大致情況，卻注意到了一塊正在閃閃發光的傳音權杖！

傳音權杖閃閃發光，說明之前正有人聯繫奎鬼，奎鬼還沒來得及查看傳音權杖之中的資訊，便被寧塵滅殺了。

寧塵好奇之下，取出傳音權杖，一縷靈光傳入，權杖之中便傳來了一句話：「奎鬼道友，我等兩日之內便會到達你的領地範圍，玄沐秘境是否會按時開啟？」

聽到這句話，寧塵頓時摸了摸下巴，沉吟了起來。

玄沐秘境？難道這奎鬼的領地範圍之內竟然有一個秘境，而且聽此話的意思，是奎鬼邀請了一些人來探索這個秘境？

既然是被奎鬼邀請而來的修士，那一定也至少是合體初期的修士，而且肯定不只是一個人。

沉吟片刻之後，寧塵便在奎鬼的納虛戒指之中翻找了起來，此人不愧是合體中期的修士，納虛戒指之中竟然有著六株合體修士專用的聖藥，還有一些奎目族獨特的靈材之類的東西。

一番查找之下，一塊玉簡引起了寧塵的注意，這玉簡是單獨放置在眾多功法典籍玉簡之外的一塊，而且表面略有磨損，一看就是經常被奎鬼翻動。

寧塵神識沒入，玉簡中赫然便是奎鬼的一些雜七雜八的事項記錄，自從七十多年前，多了一個玄沐秘境的記錄。

寧塵埋頭查看，一番仔細翻閱之下，寧塵雙眼發亮，心臟也不由得怦怦跳動起來。興奮勁過去之後，他又目光閃爍，有些猶豫起來，顯然是什麼事情一時間無法下定決心。

也就是幾個呼吸的時間，寧塵狠狠咬牙，握緊了拳頭，目光便重新變得堅定了起來。

原來，這玄沐秘境是靈界幾百萬年前，玄都靈族的一位早已經坐化了的合體後期修士玄沐大修士的道場所在！

這一種族天生便有著化神期的修為，而且一旦達到合體境界之後，能夠利用他們特有的玄靈目感應天地之間那玄而又玄的本源之力！

在那個時候，在靈界肆意縱橫，一度以一族之力，佔據靈界十分之三優渥修行領域的種族！

這些年來，儘管此族沒落，但是也是靈界的五大種族之一，比起人族來說，當真是天差地別的存在。而玄沐大修士更是玄都靈族之中一個驚才絕豔的強大修士，在靈界有著赫赫威名的戰績，至今也是一種傳說。

他坐化之後，據說留下了道場，沒有想到奎鬼此人竟然機緣巧合之下知道了這道場的所在地！

而後七十年來，索性就將自己的洞府也安置在了此處，一直都尋找打開這秘境的辦法。

玄沐道場自從奎鬼發現之後，便一直苦於沒有打開的方式，近兩個月來，終於在奎鬼嘔心瀝血地研究之下，得到了一種修士配合之下，打開這玄沐秘境的方式。於是他一刻也沒有停留，便聯繫了往日在靈界遊歷間交好的幾個修士，想要和這幾個修士一起配合打開這玄沐秘境！

玄沐秘境之名寧塵也聽說過，對於這秘境的期待，心頭自然是火熱無比。可既然是奎鬼聯繫的這幾個修士，那一定或多或少和奎鬼有些交情在裡面的，他剛剛將奎鬼滅殺，也知道這幾個修士是什麼態度。

如果他們一心聯合起來要對付寧塵，就算寧塵如今雖然戰力驚人，法寶神通更是不懼合體中期修士，也是吃不消的。

短暫猶豫了片刻之後，寧塵便有所決定，盤膝坐在了地上，靜靜等待著這幾位修士的到來。

時間不長，兩日後，瘴氣朦朧的沼澤地中，寧塵盤膝坐在一塊青石之上靜靜吐納。

當光線掃過他身軀的片刻，寧塵雙目一動，睜開了眼眸，看向了不遠處的天際。

眨眼間，四道靈光從天際閃爍而來，一下子落在了寧塵的面前，露出了四位形態各異的靈界強者。

一人通體漆黑，整個人就好像是一根粗壯的木樁，只有頂部有一顆眼睛在閃閃發亮，獨目中冷光一閃，便盯住寧塵一動不動地觀察起來。

另外兩個和人族差不多，只是身材要高出一倍，而且頭上各生有兩根閃著青光的堅角，來到此處之後，神色不善地瞪了寧塵兩眼，嗡嗡出聲：「奎鬼呢？你又是誰？」

最後一人長著一個碩大的腦袋，偏偏身材又極矮小，和人族的一個嬰孩差不多，笑呵呵的模樣，卻有著一股子陰氣。

寧塵神識散發而出，輕輕一掃之下，這四位的修為便剎那間被他查清楚了，這四人赫然便都是合體中期的存在！

其中那黑椿獨眼是黑森族之人、那青角強者赫然便是寧塵所熟識的青角族人、最後一個大頭矮人便是頭魔族人。

寧塵目光平靜，不慌不忙的眼光從那黑椿獨眼模樣的強者身上掃到了這位頭顱碩大的人身上，淡淡出聲回答青角強者的話：「奎鬼道友有事外出，他已經將秘境之事都交給在下了。」

聽了寧塵的話，青角族人不屑嗤笑一聲，那黑森族的人雙眸寒光更冷，死死地盯住了寧塵。

頭魔族的人呵呵一笑，雙眼閃過一道陰光，嘿嘿說道：「既然你說奎鬼道友外出有事那我等便只當有事行了，只不過玄沐秘境的事情耽誤不得！」

這些修為達到合體中期的修士都是人精一般的存在，他們怎麼會相信奎鬼會輕而易舉地將珍貴無比的秘境只是交給一個外人？

不過，奎鬼作為秘境開啟的召集人，本來就受到這些人的忌憚，如今既然奎鬼不在，這些人當然也不會繼續追究下去。

秘境的開啟之法可是在寧塵的手中，惹得寧塵不高興了，直接出手毀掉進入秘境之法，他們這一趟可就白跑了。

靈界修士，向來的都是利益至上，就算是有一些交情，在切實的利益外面，也微不足道罷了。寧塵正是想到這一點之後，這才敢大模大樣地坐在原地等待著四位的到來。

「我們兄弟不管奎鬼現在如何，你確定沒有奎鬼在……你能將玄沐秘境找到並且打開嗎？」沉默了片刻，青角族的兩兄弟中，那位怪角筆直之人兇狠出聲。

寧塵目光閃爍，很清晰地感受到了玄沐秘境之語一出口，這四人的注意力頓時都突然集中起來。看來這些人也是非常現實，無論他們和奎鬼之前的交情有多深厚，可在機緣面前，一切都可以拋棄。

「嘿嘿……奎鬼道友跟我是數千年的交情，如今難道道友就想不聲不響，單單藉一句話就將此事揭過嗎？」此時，那位久未說話的黑森族人冷笑一聲之後，冷冷盯住了寧塵。

寧塵神色平靜，心中思量，看來這四人也不是鐵板一塊，各自都有不同的意見，而且這黑森族的人嘴上說得好聽，藉著和奎鬼的交情只不過是想要多佔據一些秘境裡面的好處罷了。這從一旁青角族和頭魔族人下意識露出的冷笑之色便能夠看得出來。

「兩位青角族的道友，如果在下無法打開玄沐秘境，也沒有必要在此地冒著危險等待幾位道友的到來，儘管放心便是。」寧塵看向兩位青角族人，不緊不慢地淡淡發聲。

聽了寧塵的話，青角族兩人也閉口不言。

「至於這位黑森族的道友，如果不信在下所說的奎鬼道友外出之事，對在下仍有敵意，現在便可動手，我一切奉陪！」寧塵不卑不亢，看向這黑森族之人的目光中也閃過一絲冷意。

如今，既然已經確定了這四人不會聯手對付自己，他便沒有了顧忌。以他如今的修為神通，單個對上任何一個合體中期的修士，自保也已經綽綽有餘。

此話一出，黑森族獨目之人頓時眼露寒光，殺機驟現！

「你一個合體初期修士，就算是奎鬼道友栽在你的手上，一定也是取巧，竟然敢妄言出口挑釁我，真是找死！」黑森族人冷哼一聲，獨目中露出了極為不屑之色。

寧塵不言不語，卻也是寒光迫人。

兩人對峙起來，冷冷盯著對方，動手在須臾頃刻之間。

黑森族周身靈力湧動，靈光一閃之間，一座黑漆漆的木塔一閃之下便出現在他的手心之中。

寧塵同樣暗自戒備，軒轅神劍已經即將出鞘！

「嘿嘿……兩位道友這又是何必，玄沐秘境就在我等眼前，秘境之中還不知道會出現怎麼樣的危機，留著靈力在秘境之中多收集修煉資源，豈不妙哉，何必此時做這種無意義的爭鬥？」可不等黑森族和寧塵真的動手，頭魔族人和青角族人便已經坐不住了。

三人心中也各懷鬼胎，一方面擔心黑森族人將玄沐秘境的進入之法給搶奪了去，另一方面又擔心寧塵不敵黑森族之人後，直接魚死網破，將進入秘境之法給毀了！

要知道，玄沐秘境這麼多年來未曾出世，位置的極度隱秘也是一個關鍵。奎鬼也是機緣巧合之下才獲取了這秘境的位置，同時獲得了玄沐修士故意留下來的信物，這才能夠在耗費七十載光陰之後才徹底有了入境之法。

如果寧塵出事，再要想進去，不知道要何年何月了！

至於他們心中雖然對奎鬼之事還有所疑惑，但寧塵畢竟只是合體初期的修士，他們還不認為寧塵能夠真的威脅到他們當中的任何一人。合體中期和初期之間的差距之大，在靈界已是公認之事，這樣的差距可不是輕易能夠打破的。

聽了頭魔族的人，黑森族人獨目中閃過一絲猶豫之色，卻依然並不準備這樣輕易放過寧塵。

寧塵嘴角勾出無聲冷笑之色，冷冷注視著黑森族人，不言不語。

「奎鬼道友的事怎麼辦？我與奎鬼道友數千年交情，就這樣算了嗎？」黑森族人心中早已經對寧塵殺意無限，只不過現在依然忌憚寧塵手中入境之法被毀，同時也想借此多撈點好處，這才故意這樣。

寧塵冷眼旁觀，早已經看清一切。

一旁的頭魔族和青角族兩兄弟也是嘴角勾笑，心中冷笑，豈能不明白黑森族人這點小心思。

「哈哈……既然這樣，那道友進入秘境之後，可以事先挑選一件寶物，這樣可好？」頭魔族人出言連聲地說道。

青角族兩兄弟不屑輕笑，卻一心想著進入秘境，並未多說什麼。

「那行，此時就暫且饒了你！」黑森族人這才冷笑一聲，獰笑著，向著寧塵說了一聲。

寧塵神色平靜，不動聲色。

「好了，道友可否將玄沐秘境的位置找出來，並且將此秘境打開？」頭魔族人看向寧塵，目露強光，一副期待之色，一旁的青角族兩兄弟和黑森族人同樣如此。

寧塵心中冷笑，這四人此時看著對他一副寬容的模樣，一旦秘境打開，一定會找機會直接將自己給滅殺。

這四人之中，青角族兩兄弟的心機最弱，不過兩人配合之下，卻一定力量最強。而頭魔族此人，則是心機深沉，就算寧塵都有些忌憚，比較起來，這位黑森族的人才是最容易對付的一個。

「位置我清楚的，正在我們所處的這塊兒區域，另外打開秘境之術是一個需要我等相互配合的陣法，如今有四位合體之修，加上我也勉強達到了這陣法的最低要求……我這便啟動陣法，各位各自佔據陣法一方，共同發力。」寧塵沉默片刻後，看向幾人，平靜出聲。

「不過我醜話在前，秘境危險之地很多，這坐化的修士曾經是何等人物想必幾位都知道，沒有我的帶領，各位別想在秘境之中獲得足夠多的好處。」寧塵靜靜地拿出了一塊玉盤，手托玉盤，神色冷冷的看向了頭魔族幾個，不帶一絲感情地淡淡出聲。

在這些老妖怪面前，還是需要謹慎一二，有了這句話，這些人一定會投鼠忌器，不會短時間就動手！

第九章
進入秘境

果然，寧塵此話落下之後，四個老怪面面相覷，黑森族人儘管面有狐疑之色，卻最終還是和眾人不情願地點了點頭。

寧塵神色平淡，揮手打出了一束靈光，靈光一閃之下落在了他拿出的玉盤之上。

這玉盤成人手掌般大小，上面刻畫了一些繁複巧妙的陣紋，是寧塵從奎鬼的納虛戒指之中搜到的東西，這便是他無意間獲得的進入玄沐秘境的信物。有這信物之後，配合特有的手段，才能夠打開玄沐秘境。

本來，作為當年玄都靈族的驚才絕豔的大修士，其修為早已經達到了合體後期的巔峰之境。這玄沐秘境，乃是他閉關突破大乘境界之前特意開闢出來的，當中有著他積累無數年的寶物、功法之類的東西。

可惜，這般天賦出眾的大修，最後在突破大乘境界的時候，也沒有成功，以半步大乘的修為隕落，淹沒在了歷史的塵埃之中了。

不過在隕落之前，他也是留足了後手，不希望自己的傳承自此斷絕，要是有玄都靈族的人獲得信物，無論修為如何，都是可以進入秘境之中。

可不是玄都靈族之人，那就需要擁有一定的修為境界了，不然縱使擁有了信物也不能順利進入，這也是為什麼奎鬼在獲得信物之後，還要邀請其他四人前來和他一同破陣，前往玄沐秘境之中的緣由了！

不過也正是如此，寧塵從中推斷出了很多，這奎鬼在他們這一族的地界上，沒有邀請同族修士通行，反而是邀請了外族修士，肯定是他們族出現不小的問題。

奎鬼選擇了隱瞞此事，如此一來，這也給寧塵留下了極大的操作空間。原本在斬殺奎鬼之後，他就可以事了拂衣去，完成了天道盟的懸賞，獲得一些聖藥，足夠他修行一陣子了。

可機緣就在眼前，修行一途原本就是逆天而行，哪有放在面前不收的道理，而且來此之前，這一路他也是謹慎試探過了，沒有什麼強大修士，如果真遇見了危險，直接開始跑路，只要回到了人族地界，那也就安全了。

這四位合體修士，他不敢說可以將其全部滅殺，可他一心想逃，對方還是留不住他的，這也是寧塵的倚仗所在。

此時，隨著寧塵那束靈光落在玉盤之上，頓時一道光線就一閃之下從玉盤之中閃了出來，一瞬間，向著一個方向疾馳而去。

「諸位道友，跟上！」寧塵大喝了一聲，身形一動，率先追著那道光線而去。

四人面色輕變，並不知道寧塵這是幹什麼，略一躊躇之後，還是擔心錯過進入秘境的機會，一個個閃身而起，向著那道光線追去。

在距離沼澤地數十里之外的一處山崖前，那束光線砰的一聲炸裂開來，消失無蹤，寧塵和四人也相繼到來，停留在了那片光滑如鏡的山壁之前。

剛一到來此處，那位魔族人看向寧塵目光冷光閃爍了片刻，露出了一絲忌憚之色，因為剛剛寧塵乃是第一個到達此地之人，那遁速和他們合體中期之修也相差不多。

「寧道友，難道秘境入口便在此地嗎？」青角族那位怪角曲折的族人盯著山壁看了片刻之後，便聲音嗡嗡地出聲向寧塵詢問，雖然口稱道友，可那種居高臨下的語氣卻絲毫都沒有改變，內心還是將寧塵當成一個合體初期之修。

「嗯，這片秘境，占地極大，入口應該正是此處。」寧塵反覆打量著山壁，好像對於這四位老怪的一切都恍若未知的模樣，打量了片刻後，肯定說道。

而後，二話不說又是一束靈光打向手中玉盤，同時嘴裡不斷喃喃出聲，念誦著一些莫名的咒語。

咒語聲中，玉盤一閃，到了半空之中，灑落下道道靈光，逐漸構建出了一個五邊形的發光圖形。

「各占一位！」寧塵見此，厲喝一聲，率先身形一閃之下來到了那五邊形的其中一個小角之上，本源之力釋放而出。

四個老怪也同時身形一閃，站立在了各自的位置，輸出本源之力。

那五邊形上漸漸出現了一道水桶粗細的光線，緩緩向著那片光滑如鏡的山壁延伸了過去。

轟！大約過了盞茶功夫，一聲巨響之下，山壁之上頓時便出現了一個成人大小的漩渦洞口，洞口深處黑漆漆一片，神識也看不清絲毫。

五人同時目光大亮，看向了洞口。

光柱碰撞山壁之後，那發光的五邊形便一閃之下消失不見，五人也不用繼續輸送本源之力了。

「此處便是玄沐秘境的入口。」寧塵指了指那黑漆漆的漩渦洞口，平靜發聲，同時身形一閃之下直接沒入洞口不見，直接進入了秘境之中。

「進！」青角族的那直角修士一見，臉上閃過一抹急色，也緊隨寧塵之後，一閃身之下沒入了洞口消失不見，其他三人也緊隨其後。

寧塵眼前閃過一道亮光之後，頭微微有些眩暈中突然便有了腳踏實地的感覺，他定睛看去，眼前卻出現了一座挺拔入雲的高聳山峰。

山峰周圍，霧靄陣陣，舉目望去一片朦朧，寧塵此時正在這山峰的山腳之處，仰頭看去，一種渺小之感油然而生。

突然，不遠處的一股清香之氣被一陣清風送來，寧塵扭頭看去，卻見綠油油一片，竟然是一處小小的藥圃！

寧塵臉上閃過一抹喜色，只是簡單一眼，他便已經看到了三株合體修士專用的聖藥！

正要去往藥圃之中將這聖藥採摘，卻眸光一冷之下停住了腳步，看向了一旁的虛空。

虛空波動中，那直角的青角族人一閃之下出現，雙眼同樣霎那間閃過一抹眩暈之意便很快冷酷起來。

「你倒是跑得很快。」他冷冷地看向了寧塵，不滿地說了一句，便同樣打量起了此處的景象。

緊接著此人，另外的三個老怪也很快出現在了此處，看到那藥圃的一瞬間，都是眼眸發亮，露出喜色。

「哈哈哈……這秘境已經上百萬年未曾打開了，就算是當日的那些普通靈藥，恐怕也早已經長成聖藥了。」一掃之下，那片藥圃之中聖藥遍佈，那青角族的另外一人頓時大喜之下狂笑起來。

驟變突生！一道黑氣悄無聲息出現在了那黑森族的手中，揮手一動，徑直化成了一把黑漆漆的大刀向著寧塵的背後狠狠斬落了下去！

此地風雲色變，這黑刀威能驚天，一股無邊的鋒銳之氣出現，森森黑氣包裹著黑刀，氣勢無比兇狂。

而這一刻，寧塵臉色未變，恍若未覺一般。

「給我死，小小的合體初期修士，老子捏死你就像捏死一隻螞蟻！」黑刀眼看就要斬落在寧塵的脊背之上，森森黑氣湧動之間，那黑森族的人一臉猙笑的看向寧塵的背影，狂吼出聲。

青角族兩兄弟臉上同樣扯過一抹獰笑之色，其中一人冷冷自語：「你一個合體初期之修，竟然妄想跟我們同起同坐，真是可笑！」

頭魔族人不喜不怒，眸光閃爍之間，看著幾乎就要被黑氣淹沒的寧塵背影卻察覺出了一絲不對勁。

一絲縹緲劍氣驟現！

天際閃過一道朦朧的劍光，宛若一道筆直而奇異的閃電劃過夜空，有一種難以形容的鋒銳之氣！

寧塵豁然轉身，雙目凜冽殺機驟現，他雙指並如戟，向著那森然的黑氣狠狠地一個劃動，一聲宛若龍吟的劍鳴之聲響起，聲音之中，軒轅神劍一閃而現。

一道參天之劍的虛影在軒轅神劍之上驟然出現，隨著寧塵的一揮之下向著那森森黑氣轟然間斬落了下去！

這是寧塵的蓄力一擊，剛一進入此地他便早已暗中戒備，直到黑森族的人突然發難，這才一瞬間爆發了出來。

以如今軒轅神劍之威和寧塵本身的修為之力，並不需要固定的劍訣，也足可以發揮出威脅到合體中期修士的一劍！

以前寧塵得到的那些劍訣，早已經跟不上寧塵的步伐，那些劍訣用出，繁瑣無比，而且威能還不如直接揮劍而出！

這一劍出，青角族兩兄弟露出驚詫之色，頭魔族之人對寧塵的忌憚之意更重。

「落！」寧塵輕吐一字，那軒轅神劍上的參天虛影應聲向著那黑刀緩緩而落。

看似很慢，卻只是在一眨眼之間，那道虛影便落在了那黑刀之上，那黑森族人完全來不及反應。

這黑刀儘管也有幾十尺之大，卻在參天之劍的虛影面前顯得微不足道，輕輕一碰之下，便轟然間炸裂而開，霎那間消失不見。

滾滾黑氣頓時倒卷而回，參天之劍的虛影不停，一閃之下向著那黑森族人壓迫而去，劍威驚天！

黑森族人露出一抹驚恐之色，周身黑氣一閃之下，竟然在那劍影堪堪落下的片刻從原地直接消失不見。

這種消失的速度極快，遠超一般合體中期修士的遁速，而且軒轅神劍本來早已經將黑森族人鎖定，只要落在此人頭上，那不死也要脫一層皮！

可此人卻在軒轅神劍的鎖定之下直接逃走，這一幕頓時讓寧塵皺了皺眉頭，黑森族人果然也是靈界的一大強族，而且此人身為合體中期之修果真還是有一些本事的。

寧塵手輕輕一招，軒轅神劍上的虛影淡化，倒轉而回。劍漂浮在了他的身旁，劍身清亮如同秋水，劍意澎湃之間，劍尖顫動不停，露出絲絲森寒殺意。

寧塵神識散發而出，暗自警惕起來，那黑森族人剛一消失之後，竟然不見了蹤影，神識之中也並不顯露，好像已經隱藏了起來。

不只是黑森族人，一旦寧塵露出弱勢，一旁的青角族和頭魔族人也會出手。

識海之中，玄蒙玉靈笛發出了篤篤之聲，聲音之中，玉笛靈光大盛，寧塵神識之力驟然增強，突然他眸光一閃，豁然一轉看向了不遠處的一處虛空。

軒轅神劍應聲而動，劍尖顫動不停，也指向了那處虛空之中，那裡有一絲不同尋常的波動，赫然便是那黑森族人散發而出！

「你原來藏在這裡！」寧塵嘴角扯出一絲冷笑，喃喃自語。

果然，隨著他目光盯住了那裡，一道黑氣閃爍而起，黑森族那人一臉陰沉之色的顯露出了身形。

要不是寧塵神識之力獨特強大，就算是一般的合體中期之修也無法輕易發現黑森族的藏身之地，被他出手偷襲之下，很容易陷入劣勢的局面之中。

「嘿嘿……我還真是小看了你這個人族修士，竟然能夠看破我黑森族天賦神通，森隱遁術！」黑森族冷笑著，看向寧塵，此時，他眼眸中的那不屑已經盡去，取而代之的則是一臉認真的殺意和鄭重。

寧塵卻心中不喜，如果說黑森族的人一直對他懷有輕視之心，那只要他隱藏手段一出，很有可能一擊建功。可此人如此鄭重之下，想要取巧取勝已經不可能了。

「過獎了，我也只是有一兩種保命的神通和法寶而已。」寧塵不鹹不淡，不真不假的淡淡發聲。

黑森族人聽了寧塵的話之後，冷笑一聲，並沒有發怒，而是轉頭看向了青角族中那位直角的修士，似笑非笑的開口。

「直鑾道友，這人族只不過是一個合體初期之修，玄沐修士留下的那藥圃就在此處，聖藥雖多，可一旦被五人一分，可就少了……」這意有所指的一句話，頓時讓場間氣氛瞬間緊張了起來。

頭魔族人輕輕一笑，青角族的兩人都是一瞬間看向寧塵，眼眸之中貪婪之色閃過之後，冷光不由散發而出。

而此時，寧塵淡淡出聲：「諸位覺得這山脈便是玄沐大修士留下的唯一的一處遺跡嗎？之前我就說過，沒有我的帶領，這秘境的其他地方，諸位一定不可能輕易能進去！」

寧塵聲音中氣十足，說的斬釘截鐵，一副自信滿滿的模樣。

此話一落，那青角族的兩人果然猶豫了起來，雙眸之中的冷光弱了不少。

黑森族人冷哼一聲，冷冷地盯住了寧塵，獰笑說道：「我就不相信，沒有你我們還探索不了這個秘境了！」

他手掌之上，黑光一閃，那座黑森森的木塔應聲而出，滴溜溜地轉動不停，散發出危險的氣息。

寧塵神色凜冽，聲音宛若是萬年寒冰一般冰冷，冷冷說道：「屢次挑於我，我也是一再忍讓，你可真是該死！」

「其他的幾位道友，若是願意信我，可以和我一起出手，只要斬殺了此人，此處秘境之中的機緣資訊，我可以跟你們共用，保證大家都會有所收穫，畢竟這是在奎目族的地盤上，能夠獲得好處，全身而退，才是最好的選擇。」

「現如今，要做敵人，還是要做朋友，你們自己決定……」被這黑森族人逼成這樣，寧塵心中的殺意也早已經無法克制，殺機不再隱藏，直接爆發而出……

寧塵此話一落，頭魔族人雙眼閃過一絲貪婪之極的亮光，顯然已經被寧塵的話給打動了。不過，他卻很快將這一絲貪念給隱藏了起來。

而這一刻，黑森族的修士，面色一變，臉上更加猙獰。

「你真的以為能夠吃定我了？我馬上就會讓你明白，合體初期和中期之間的差距會是多麼的巨大！」他猙獰看向寧塵，嘴角扯出一縷森寒至極的冷笑。

「三位道友，此人心思歹毒，妄圖分化我們四人，不要忘了，奎鬼道友很可能就是栽在了他的手上！」對寧塵說完之後，黑森族的人還不忘轉頭，獰笑不見，深深地看了頭魔族的那人一眼，又是警告又是提醒的出聲。

青角族的兩人聽到此話之後，露出猶豫之色。

頭魔族人面無表情，低聲地說道：「不用道友提醒，應該怎麼做，我自然會有計較！」

「嗯，這是你們之間的事情，只要不耽誤我們探索秘境取寶，其他的一切都不重要！」聞言，青角族的人也是緊隨著出聲。

寧塵一旁面色平靜，洞若觀火，心中冷笑，旁邊青角族的人說得好聽，不要耽誤他們取寶，一切就都不重要。對於這三人來說，他和黑森族人相鬥，最好是能夠兩敗俱傷，畢竟五個人分寶和四個人分寶可是不一樣了。

這秘境剛剛進來便有大量聖藥，粗略估算也不下一百株，往更深的地方走去，還不知道會有什麼樣珍貴的寶物！

如果不能兩敗俱傷，這三人當然也會選擇幫助強的那一個，所以最後還是要看誰的拳頭硬！

只是眸光一閃，寧塵便不再猶豫，揮袖而出！如今，黑森族此人也不容易對付，更不用說邊上還有三個虎視眈眈的合體中期異族之修看著。

這鬥法只能速戰速決！

本來，寧塵並不想這麼快就和黑森族的人起衝突，但是此人在剛一進入秘境之中便按捺不住，直接出手偷襲，這樣下去，危機更深。

寧塵果斷出手，也是要將危機扼殺在搖籃之中！

揮動衣袖之下，軒轅神劍猛然間發出了一道刺目之極的劍光，一閃之下宛若雷霆電閃一樣便向著那黑森族的人刺去。

劍本體一動，一閃之下，鋪天蓋地的劍影應聲而出，鋒銳無比的劍氣肆意在周圍遊走而動，那種森寒之意充斥此地，讓這裡的氣溫都瞬間驟降了好幾度！

密密麻麻的劍影就像是紛飛的雪花一樣，引發了驚人的天地異象。

黑森族的人獰笑一聲，譏諷說道：「你就這手段嗎？那你還要怎麼取勝？這柄靈劍不錯，不過馬上也是我的了！」

他看著寧塵，就像是在看一個死人，面對那鋪天蓋地的密集劍影，沒有絲毫的慌張之色，而是打出了一道黑光，落在了手中的黑塔之上。

那漆黑之塔猛地一轉，迎風而漲，瞬間漲大成了一座小山丘一般的大小，一閃之下，直接籠罩了這黑森族人的全身！

叮叮噹噹，黑塔剛剛籠罩在黑森族人全身上的霎那，一陣密集的叮叮噹噹的響聲傳出，無數的劍影便落在了黑塔之上。

這黑塔飛速轉動之間，幾乎化成了一道黑影，卻一副堅硬無比的模樣，竟然直接擋住了犀利無比的軒轅神劍的攻擊！

寧塵眸光一閃，有些意外，以軒轅神劍的犀利，這還是第一次被一件靈寶硬生生地從正面擋住了進攻！

他口中輕吐出聲：「劍化萬千！」

四個字還未完全吐出，萬千的劍影之中，軒轅神劍的本體發出一聲驚破諸天的劍嘯之聲！

嗡！一道劍影夭矯而動，宛若龍形一般，在天空遊走而動。

軒轅神劍的器靈，本來正在呼呼大睡，如今醒了過來！

「主人這是遇到了何事，竟然要喚醒我了？」劍靈眼眸中盡是鋒銳無比的劍氣，刺目不比，自言自語之中，那些劍氣更加盛大明亮，看上去非常淩厲。

軒轅神劍之中，劍靈早已生出，本來不是聖寶，卻早早便有了聖寶的這一特點。

不過劍靈卻無法一直保持清醒狀態，向來都是躲在軒轅神劍之中呼呼大睡，積蓄力量，偶爾醒來一兩次，也不過是和寧塵簡短的交流。

而劍靈甦醒之後，軒轅神劍的威能便會在短時間內激增五倍有餘，這一直都是寧塵隱藏起來的底牌之一！

劍靈雙目散發刺目劍光，透過劍身看向外面，瞬間看清楚了外面發生的一切事情，頓時怒火一盛，身軀之上源源不斷噴湧出了無數的劍氣。

這些滔天劍氣從軒轅神劍的本體之上散發而出，在四周飛舞起來，一個個都沒入到了那些虛空中遍佈的劍影之中！

「疾！」寧塵口中輕吐一字。

一字還未落下，那些滔天的劍影便隱隱間被歸在了一起，略微一轉之下，便化成了一朵通體雪白的巨大劍花！

「去！」又在寧塵的一個字之下，毫不客氣地向著那不斷轉動著的漆黑巨塔壓落了過去！

黑森族的人身在黑塔之中，面色陰沉無比，對於目前的形勢，寧塵心中清楚，他當然更加清楚。

寧塵一出手，便是用盡全力，一副拼命的架勢。

黑森族此人雖然是合體中期修士，向來養尊處優慣了的人物，也被寧塵激發出了修士骨子裡的那種狠辣！

狠狠咬牙，獨眼緊緊盯著那不斷旋轉而動的黑塔，在一瞬間就下定了某種決心，他凶目一閃，雙拳狠狠地揮動而出，卻不是向著寧塵攻擊，而是向著自己的胸膛攻擊而去。

轟！一聲巨響之下，他胸膛之處直接炸裂開了一個幽深的大洞，本來大洞周圍的那些黑色紋理化成了最細微的粉末，飄散而起，飄飄蕩蕩向著那不斷旋轉的黑色木塔而去！

隨著這些細微的粉末落在旋轉不停地黑塔之上，黑光驀然一亮！

整個旋轉的黑塔就好像變成了一輪刺目的太陽，和迎面而來的那一朵雪白劍花轟然撞擊在了一起。

轟！鏗鏗！巨響之後，便是無數的金鐵交擊之聲響起，軒轅神劍所化劍花竟然沒有第一時間將黑塔的防禦給擊碎。

兩者僵持片刻，半空之中，黑光和劍光交相輝映，一時間之間不相上下。

「這人族合體初期的修士怎麼這麼強？多年前我也遇到過一個合體初期修士，同樣是人族，卻遠沒有此人這般強悍啊！」看到這一幕的頭魔族和青角族之人都是露出了驚訝之色。

「此人當然不簡單，現在我可以確定，奎鬼一定是死在了他的手上！」頭魔族人目光閃動，露出一絲冷光，同樣喃喃發聲，誰也沒有注意到，他眼底深處閃過一抹怨毒之色。

「真是沒有想到，這人族合體修士竟然能夠逼得黑森道友用出他本族的天賦神通——體靈嫁接之術！」

轟！此時，又是一聲巨響傳來，黑光和劍光相互碰撞之下，轟然之間原地炸裂而開，靈力激蕩不停，本源之力四散而開。

噗！一口鮮血從那黑森族的人口中噴出，血霧四散而開，讓此地多了一股濃重的血腥味之味，黑光散去，那本來威能出眾的黑塔現身而出，一副殘破至極的模樣。

軒轅神劍同樣倒轉而回，劍光黯淡不已，懸浮在寧塵的旁邊，靜止不動。神劍內部，散發劇烈劍意之後的劍靈原地暈乎乎地轉動了兩圈之後，一頭栽倒在了地上，又一次陷入了沉睡之中。

寧塵神態不變，目光有神，看向了黑森族人。

「你……你到底是不是合體初期之修？」此時的黑森族人胸膛處一個亮堂堂的大洞，嘴角不斷溢出鮮血，獨眼之中有著濃濃的驚詫之色，看向寧塵不甘咆哮著出聲質問。

寧塵並不搭話，暗自調息，他目光閃動之下，已經注意到了，黑森族人那破損的胸膛的洞口，暗淡的黑光閃爍之間，竟然在一點點地以肉眼可見的速度修復著……黑森族人最讓靈界稱奇的一個天賦神通便是無極生長！

無極生長類似於人族傳說中的不死之身，無論多重的傷，只要有本源之力和靈力的支撐，便會漸漸地恢復！而且恢復的速度是一般修士的二十多倍。

兩個呼吸之後，寧塵身形驟然間一閃而出，整個人幾乎化成了一道殘影！

虛空獵獵作響，虛空被寧塵巨大的身軀力量激發出了道道的虛空漣漪，漣漪擴散而出，寧塵身影在原地消失不見。

青角族兩人看到這一幕，瞳孔猛地一縮，不覺間露出了忌憚之色，頭魔族人目光閃爍，不知在想些什麼。

黑森族人怪叫一聲，露出了驚恐之色，他身上黑光一閃，正要有所動作，卻早已經來不及了。他顯然根本就沒有想到，寧塵居然不搭話，直接再一次展開了攻擊。

寧塵身影驀然間一閃之下出現在了黑森族人的旁邊，毫不猶豫，一拳狠狠地轟擊而出。

屬於虛之本源之中的力之本源之力在黑森族的周身湧動而出，將他的身形牢牢地圍困在了原地。

寧塵一拳，無聲無息攻向了黑森族人的身軀！

一聲悶響之聲傳來，黑森族人頓時被一拳擊飛而出，倒卷而出，發出了一聲淒厲的慘叫之聲。

寧塵知道，有著無極生長天賦神通的黑森族人，絕對不能讓此人有再一次翻身起來的機會！到時候，一旦讓此人恢復過來，那就更加難殺了，他必須保留一些手段，還要對應接下來的秘境探險。

「人族修士，你逼人太甚，今日要殺不了你，我枉為合體中期修士這麼多年了！」黑森族人被寧塵逼著打，發出了一聲強烈的不甘咆哮之聲，獨目刷地一下變得血紅，看向寧塵充滿了無盡的怨毒之色。

寧塵身形一動，正要有所動作，卻突然停了下來，發出了一聲輕咦之聲，露出了意外之色，看向了一旁的頭魔族人。

此人剛剛暗中向寧塵傳音：「道友，能否先住手？」

隨著寧塵的目光看去，頭魔族人依然面帶微笑，看似勸告地向著那黑森族人說道：「黑森族道友，這人族道友顯然已經具備了和我等一起探索秘境的資格，為何不各退一步，我等合力探索秘境呢？」

話音落下，臉上的笑容更盛，一副人畜無害的模樣。

黑森族人本來要拼命攻擊的動作突然停止，聽了此人的話後，露出了猶豫之色。

就在此時，驟變突生！

頭魔族之人那顆碩大的頭顱之上，突然出現了一宛若一座小山一般的頭顱虛影，頭顱張開血盆大口，隱約間發出了一聲嘶吼之聲，向著黑森族人撕咬而去。

嗷嗚！在黑森族的人還未反應過來的瞬間，這巨大頭顱就一口咬住了黑森族人，肉眼可見，一絲絲靈力和本源之力，被這巨大頭顱不斷吸收，黑森族人的氣息也飛快衰落了下去。

「頭魔老鬼……你竟然……竟然敢殺我？」黑森族人被緊緊地咬住，發出了一聲聲不甘憤怒的嘶吼之聲，可頭魔族臉上那人畜無害的笑容早已經消失不見，對於黑森族人的咆哮嘶吼，不管不顧，眼眸中散發出了絲絲的魔氣，一副冰冷無情的模樣。

「道友，你已經沒有什麼存在的價值了，而這位人族小兄弟，掌握了這處秘境的許多資訊，你對他出手，便是註定要和我等為敵啊……」聽見這話，寧塵眸光一閃，看向頭魔族人，露出了一抹冷色。

青角族兩人也顯然被這一幕給震驚到了，一時間反應不過來，怔住了。

「去！」寧塵眼底深處露出了一抹思索之色，毫不猶豫，輕吐一個字。

軒轅神劍和他心意相通，一個字之下，化成一道劍光一閃而出，在那淒慘無比的黑森族人的胸前穿過，凌厲劍氣瞬間沒入黑森族人全身，將此人的神魂在霎那間毀滅一空！

第十章

紫妖草

隨著黑森族人神魂俱滅，頭魔族那人豁然轉頭，看向了寧塵。

「道友，你下手可真果斷！原本我只是想吞噬他一些修為，你怎麼直接將他殺了？」他盯住寧塵，莫名其妙地問了一聲。

寧塵神色平靜，心中卻冷笑不已，此人在最關鍵的時候站了出來，看似是在幫助寧塵，其實也是在掠奪戰果。

以寧塵如今的眼界，對於任何一種種族的天賦神通和修士道術都能夠看清一二，這頭魔族剛剛使用而出的神通明顯帶著吞噬之意，吞噬一個合體中期修士，想必對他的好處一定巨大。

在這遍佈寶物的玄沐秘境之中，其他人強了，寧塵所獲得的寶物說不定就少了。而且寧塵心中一直微微忌憚此頭魔族人，從剛剛他出手對付黑森族人的手段就能看出，此人心機那是無比深沉，手段更是歹毒無比！

寧塵不得不防。

「頭魔族道友這是說的哪裡話，這黑森族人本就是衝著我來的，而且他身懷無極生長的天賦神通，我必須出手乾淨俐落才行。」寧塵語氣不卑不亢，說得又是合情合理。

頭魔族人聽後，打了一個哈哈，乾笑了兩聲，說道：「道友說得也是在理。」

他看向寧塵的目光中也不由地帶上了忌憚之色，臉上又帶上了那種人畜無害的笑容。

青角族的兩人此時也是帶上了驚奇之色，反覆打量了寧塵幾眼，前面那種輕視不屑早已經消失得乾乾淨淨。

黑森族人在他們四人中並不算最弱，可還是讓寧塵滅殺，這凌厲手段讓剩下的三人暗暗心驚。而且，此時的寧塵看起來雖然臉色有些蒼白，但氣息卻還是一絲不亂，讓人看不清楚深淺。

寧塵手輕輕一招，在黑森族的屍體旁邊，納虛戒指一閃之下出現在了他的手上。

寧塵毫不客氣地將納虛戒指收了起來，一個合體中期修士的納虛戒指可是一筆不小的財富。不過，此時顯然不是查探這納虛戒指的合適時機，寧塵打算等探索完秘境之後，再看看這位合體中期之修的納虛戒指之中，到底有什麼寶物。

一旁的頭魔族人眼底深處閃過一絲貪婪兇惡之色，不過卻很快又被那種人畜無害的笑容給掩藏了起來。

「這位人族的道友，這藥圃之中還有一個陣法存在，我們還是將這陣法破掉，將藥圃之中的聖藥給分了吧。」這時候，青角族中那個直角修士突然眼露期待之色，看向了寧塵試探發聲。

此時的兩位青角族人，話語間已經對寧塵多了一份敬意，將寧塵看成了同道中人，事情也開始和他商量起來。

寧塵點了點頭，緩行幾步，走到了藥圃的邊緣，本來有一個強大的陣法，不過經過漫長歲月的侵蝕，這陣法早已經形同虛設了。

寧塵舉目望去，這一片小小的藥圃之中，存活下來的靈藥只有原先規模的十分之一，可就這十分之一，卻都是聖藥！

神識一掃之下，足足有一百零四株聖藥。周圍剩下的那些靈藥，有的已經枯萎成灰，有的已經只剩下了乾枯的枝丫，有的卻空留一個小小土堆……

看著歲月帶來的兩種截然不同的生和死的結局，寧塵眼眸中閃過一道恍惚之色，有些感慨。

從歲月的痕跡中，他感受到了一種無形的力量，這是寧塵在月球遺跡之後，再一次感受到了歲月的那種相同的力量。

不過，當他目光不經意間掃過藥圃中間一處地面的時候，地面上生長而出的那聖藥讓他頓時心臟怦怦地跳動不停起來！

最近的地方，有十幾株聖藥均勻分佈，全是同一個品種，這聖藥通體紫紅色，大約六寸長。

看見這一幕，寧塵的心中一驚，暗道了一聲：「紫妖草！」

紫妖草是寧塵當日回到地球的時候，在銀河系的那些星球仙道遺跡之中發現石碑之上刻著的合體期丹藥的兩味主藥之一！

當日，寧塵就知道，紫妖草和那九頭紅芝一定是上古靈藥，心中對於找到這兩種靈藥並沒有太大的希望。

可竟然在此地發現了紫妖草的蹤跡！

心臟怦怦跳動之下，寧塵表面上卻絲毫異色不露，又神識散發而出，仔細觀察了那紫色聖藥片刻。

很快，便得出了結論，這靈草正是貨真價實的紫妖草，和那丹方之中對於紫妖草的描述分毫不差。

「道友，你可是看中了這裡面的一些聖藥？」就在寧塵心中歡喜不已的時候，他旁邊卻突然冒出了一個幽幽的話語之聲。

寧塵神色平靜，轉頭看去，正是那頭魔族人。

他暗罵一聲，卻並未說話，果然是老妖精，竟然直接看出寧塵的意圖。

「這裡總共有一百零四株聖藥，如果幾位道友沒有具體要求的話，那便平分，也就是每人二十六株聖藥！」一頭魔族人見寧塵不說話，直接開口發聲。

寧塵心中明白，此人這是故意算計於他，他其實早已經看出了寧塵想要那紫妖草。

看著頭魔族那人畜無害的笑容，寧塵恨不得一劍斬在他的臉上！

一旁的青角族兩兄弟卻並未注意到頭魔族和寧塵的心中暗暗鬥法，一聽能夠分到二十六株聖藥，兩個都是喜上眉梢，一副等不及的模樣。二十六株聖藥，對於他們這些合體中期修士來說，也絕對不是一個小數目。

要知道修士達到合體之後，能夠輔助修行的靈物少之又少，一般而言，聖藥已經是大多數合體修士的選擇！

而整個靈界生長的聖藥就那麼多，成熟的週期更是動輒便以數萬年計算，導致聖藥在靈界也是越來越少，在合體修士之間也是極為珍貴的存在。

被頭魔族人故意針對之下，寧塵知道一旦平分聖藥，他一定無法得到全部紫妖草！

只好心中暗罵地出聲道：「那十三株紫色靈草，我全要了。」

一旦要指定的靈藥，那數目上一定會虧空，這向來是聯手探險的規矩。

「呵呵……想必道友也知道靈界的規矩，既然想要指定的寶物的話，你可就無法分到二十六株聖藥了。」果然，隨著寧塵話音剛剛落下，頭魔族人搖晃著他那碩大的頭顱，搖搖晃晃地和寧塵出言說道。

聞言，一旁的青角族兩兄弟本來覺得得到二十六株聖藥已經很多了，但是一聽頭魔族人這樣說，也頓時來了精神。

「是啊，靈界的規矩向來如此。」寧塵知道此時不宜說過多的話，便點點頭說道，「竟然如此，那我少要一株聖藥，連同那十三株紫色靈草，我取二十五株便好，剩下的靈藥三位分了便可。」

一株聖藥的價值已經極大，這要是在外界，這一株聖藥很有可能引發一場合體修士間不小的爭鬥。

聽見寧塵的提議，一旁的青角族人已經有了意動之色，不過不等他們說什麼，頭魔族人卻又呵呵笑了一聲說道：「道友說笑了，這多出來的一株聖藥讓我們三人怎麼分？」

寧塵眼中冷光一閃，冷冷說道：「聖藥價值如此之大，得到多餘聖藥的那人可以將一些身上的珍貴之物送給另外兩人便好。」

頭魔族人臉上的笑容淡去，說道：「聖藥價值如此之大，有什麼人願意不去要聖藥而去要其他的一些靈物的？想必寧道友也知道，這聖藥可是能提升我等修行速度的關鍵之物！」

寧塵心中暗罵，他已經聽出了頭魔族人的意思！此人竟然是要他讓出三株聖藥！

寧塵正要開口發聲，頭魔族人卻是不說話，轉頭看向了一旁的青角族兄弟，笑呵呵地問道：「兩位道友，你們說我說得是否有道理！」

青角族人能夠得到更多的聖藥，當然願意，況且他們兩人雖然對寧塵有所忌憚，但是兩人聯手之下，卻也並不會太害怕！

聽了頭魔族人的蠱惑之語之後，當然是連連點頭，說道：「頭魔族的道友，此話有理。」

寧塵無奈，只能心中暗罵之下讓出了三株聖藥，最後，寧塵得到了連同十三株紫藥草在內的二十三株聖藥，而另外的頭魔族三人則分別得到了二十七株聖藥。

頭魔族一副喜滋滋，人畜無害的模樣，還想要幫助寧塵採摘那些聖藥，卻被寧塵冷冷地拒絕。

當藥圃中的所有聖藥都採摘一空的時候，頭魔族人看似好奇地突然面向寧塵，出聲問道：「有指定的靈藥，一般都是因為特定的丹方，難道道友有合體期的丹方不成？」

看似無心的話語頓時引動了一旁青角族兩兄弟的注意，兩人在聽到此話之後，都是同時眸光大亮，豁然轉頭冷冷看向了寧塵，臉上那種濃濃的貪婪和不可置信毫不掩飾。

「找死！」寧塵聽到此話之後，心臟猛地跳動了一下，心中對於頭魔族人突然爆發出了無限的殺意。

他同樣感受到了青角族兩兄弟那種炙熱無比的眸光，脊背發冷，手心裡頓時出了一層冷汗！

寧塵清楚知道此時一旦回答不好，極有可能引發這三人共同的殺意，聯合起來，對付他，搶奪合體丹方

合體丹方的價值在靈界高層中無比珍貴，幾乎是完全不可得到之物，一旦得到這種丹方，那就意味著修行速度會成百上千的增加，能遠遠將同輩的修士甩到身後！甚至就算是那虛無縹緲的大乘期，也能夠因此多上一分半分的可能性！

「哈哈哈……頭魔族這位道友可真是會說笑，合體丹方是何等珍貴之物，恐怕就算那些合體後期修士都沒有幾個有的，我一個人族合體初期的修士，怎麼會有？」心中對頭魔族人殺意暗藏之下，寧塵電光石火間將心中的那一縷極度緊張很好地掩蓋了下去。

寧塵話音落下之後，他雖然並沒有去看青角族的兩兄弟，但是卻能明顯感覺到兩人那吃人的目光從他身上移開了。

寧塵松了一口氣，心中暗罵頭魔族人心思歹毒！此人就是要將他孤立，對他有一種隱晦而歹毒無比的心思。

聽了寧塵的話，青角族人剛剛被合體丹方之語衝擊得火熱的情緒穩定了很多，轉念一想之下，馬上也覺得不可能，這等珍貴之物怎麼可能被一個人族的合體修士得到？

要知道在靈界之中，人族不算是什麼強大種族，能獲得合體期的丹方的可能性，還是極低的。

不過，頭魔族人卻並未輕易相信寧塵的話，臉上依然閃過一絲狐疑之色，但單單是他一人的話，也不敢輕易出手對付寧塵。

「這聖藥，我是要拿來煉丹的，但卻不是合體期的丹藥，而是能讓我的一些後裔小輩，提升修煉天賦的一類丹藥。」寧塵此時也適時地解釋道。

「原來如此，那這裡已經被我們探索得差不多了，這藥圃的山巒之上，估計寶物一定更多，我們趕快趕過去吧。」對於寧塵和頭魔族人內心的暗自鬥法，青角族兩兄弟一副恍若未知的模樣，抬頭看著高聳的山巒，嗡嗡出聲。

說到此處，寧塵也是心頭多了一抹火熱之意，看此地的情形，山腳處的藥圃只不過是附帶的，山峰之上才是正物。

對於青角族人的提議，寧塵和頭魔族人當然沒有任何異議，四人都是身形閃爍，向著山峰攀登而去。

這山峰光禿禿的模樣，上面寸草不生，還殘留著一些殘破的禁制，不過經過歲月的侵蝕之後，這禁制也早已經沒有了往日的威能，對四人更是沒有絲毫的阻擋之力。

不過，越是攀登而上，本來興沖沖模樣的四人的臉上，疑惑之意更重。

大約一炷香之後，四人便已經站在了這山峰的峰頂之上，舉目望去，四周雲海浩蕩，一副無邊無際的模樣。

可寧塵望著遠方，卻是皺起了眉頭，本來心中還無比期待，覺得這山峰之上會有什麼了不得的寶物，可四人一路走來卻絲毫沒有發現。

一直到峰頂之上，都是一無所獲，峰頂之上除了一片光滑如鏡的臉盆大小的空地有些奇怪。

頭魔族人臉上也是露出了暴虐之色，背負著雙手，仔細地觀察著那一片光滑如鏡的空地，心情很是不好。

「這是怎麼回事？怎麼此地竟然一點寶物都沒有？」青角族人忍不住了，也是直接出聲。

「人族道友，你不是瞭解這秘境的情況嗎？是不是你暗中將寶物拿走了？」此時，青角族人的兩人目光看向了寧塵，嗡嗚出聲，神色不善。

「呵，三位道友，剛才我可是一直在你們身邊的，我要是有什麼舉動，肯定逃不過你們的法眼吧？再說了，要是我真有這種手段，我用得著和你們一起進來探險嗎？」寧塵輕笑一聲，淡淡出聲，語氣不鹹不淡。

他此時心中也是一頭霧水，玄沐秘境是何等寶地，那玄沐修士是又是何等驚才絕豔的大修，誰能想到他的秘境之中竟然會這般寒酸？

聽了寧塵的話，青角族人眼珠子轉動了一下，露出了思索之色，這兩兄弟雖然心機看上去並不怎麼深的模樣，不過也並不是傻子，略微一想就知道寧塵說的是真的。

此時，頭魔族人還以為那一處光滑如鏡的地方有什麼貓膩，反覆觀看了許久之後，輸入靈力、利用靈火燒灼！

各種手段都嘗試了一遍之後，依然是一無所獲，臉上的暴虐之色更重，卻還是無可奈何的模樣，最後怒吼了一聲，也不再試探了。

寧塵看著那光滑如鏡的地方，仔細觀察，同樣一無所獲。

傳說中玄沐大修士的靈寶眾多，他的本源之力更是達到了驚人的五種之多，比起一般的合體修士來說，整整多出了五倍，這也是他在靈界闖蕩下赫赫威名的原因之一。

本源是合體之修的力量之源，每增加一種本源，修士的實力便會發生翻天覆地的變化。

一個合體初期修士，一旦有了五倍本源之力，那幾乎可以打破合體境界之間的壁壘，跟合體中期修士一戰！再強一點的，甚至可以和合體後期的修士交手，甚至鎮壓對方。

寧塵此時以合體初期之身鬥戰合體中期修士，而且能夠戰而勝之，他神通法寶強大當然是一個緣故，但是身懷火本源之力和力之本源，兩大本源之力集合，也是其中的緣故之一。

傳說中，玄沐大修士之所以能夠聚齊五大本源之力，是因為他有一件驚天動地的聖寶！此聖寶名為五行玄靈印！

五行玄靈印，顧名思義，便是集齊了金木水火土五大本源之力，歸納糅合之下所煉化而成的聖寶，此等聖寶就算是在聖寶之中，也是極為頂尖的存在。

頭魔族人、黑森族人這些人來此秘境之中尋寶，得到聖藥、靈物等等當然很好，但是幾人最大的目標依然是那傳說中的五行玄靈印！

寧塵望著雲端，靜靜思索著這些事情。

突然，他心頭一動，看向了那光滑如鏡的地面，無相靈火在體內洶湧而動，一絲火本源之力悄無聲息傳遞到哪光滑之地。

可讓寧塵期待的事情並未出現，這裡顯然並沒有他所想的那五行玄靈印！

「既然此地無寶，那我等便向著更深處前進吧，這裡無寶不一定秘境的更深處沒有寶物。」四人站在山頂之上凌亂了片刻之後，寧塵的心緒平靜下來，靜靜出聲。

這山巒的背面同樣有一條曲折的山道，蜿蜒通往下方而去。說完，他不等另外三人有所反應，便邁步向著山道而下，這山道上雖然並沒有任何禁制，奇怪的卻是能夠輕易阻擋合體中期修士的虛空而行，所以寧塵也只好老老實實的邁步向山下走去。

看著寧塵逐漸縮小的背影，頭魔族人看向青角族的兩兄弟，三人面面相覷。

「此地真是奇怪，我神識掃過幾十遍了，依然是一無所獲，就算將此山的內部都已經看通透，卻還是沒有發現任何寶物。」頭魔族人那碩大的頭顱上眉頭皺的很緊，像是自言自語的喃喃出聲。

聽了他的話，頭魔族人雙眼中陰沉之色一閃而逝，並未說話，一旁的直角修士略思索片刻之後說道：「玄沐秘境已經百萬年未曾打開了，歲月流逝，那藥圃之中的很多靈藥都已經死亡，這山峰之上的寶物說不定也被侵蝕了。」

聽了他的話，頭魔族人眸光一閃，另外的那個青角修士也若有所思地點了點頭。

三人徹底死心，緊隨著寧塵向著山道而下。

山谷寂靜，一間茅草屋坐落在山谷正中央，旁邊是一些奇花異草，卻都是觀賞之用，並未有什麼危險性，寧塵一襲青衣，山谷之中山風吹過，青衣微動，他面色平靜，看向了那間茅草屋。

身後，很快傳來了頭魔族三人的腳步聲，寧塵並未轉頭，還在盯著那茅草屋看。

「這裡面一定有寶物，我感應到了不少的禁制存在！」剛來此地，直角修士便露出了喜色，情不自禁發聲。

「那還等什麼，進去啊！」曲角修士催促一聲，便要率先進入茅屋。

頭魔族人雙眸冷光一個閃動，並未說話，寧塵卻聲音凝重，出聲阻止：「此地有些詭異，還是謹慎一些為好。」

他雖然並未在神識中察覺到此地的任何異常，直覺中卻有一種危險的感覺，見到青角族人要有所動作，他出聲阻止。

「既然是探險，哪能一點危險也沒有？你若是害怕，在外面等著便是，我們兩兄弟自會去收了此處的機緣。」青角族人冷冷的斜視了寧塵一眼，冷哼了一聲，低聲的說道。

寧塵輕嘆一聲，知道多說無益，閉上了嘴巴，同時，心中卻更加警惕起來。

青角族人見寧塵不再說話，便向著茅屋大踏步而去。

砰！一聲巨響之下，青角族人直接揮出一縷靈光，將茅屋之上的木門炸得粉碎，頓時一道刺目的寶光散發而出。

等適應了這一道強光，眾人舉目看去，茅屋之中的一張石桌之上竟然擺放著一座三尺來長的大雕像！

雕像是一個滿頭白髮的中年修士，神態栩栩如生，關鍵是這雕像竟然通體都是由凰靈白金製作而成。

——待續

國家圖書館出版品預行編目資料

元嬰期入世 / 妙妙醬ヽ/作. -- 初版.
-- 臺中市 : 飛燕文創事業有限公司, 2023.06-

冊 ; 公分

ISBN 978-626-348-533-4(第21冊 : 平裝). --
ISBN 978-626-348-534-1(第22冊 : 平裝). --
ISBN 978-626-348-535-8(第23冊 : 平裝). --
ISBN 978-626-348-536-5(第24冊 : 平裝). --
ISBN 978-626-348-537-2(第25冊 : 平裝). --
ISBN 978-626-348-592-1(第26冊 : 平裝). --
ISBN 978-626-348-593-8(第27冊 : 平裝). --
ISBN 978-626-348-594-5(第28冊 : 平裝). --
ISBN 978-626-348-595-2(第29冊 : 平裝). --
ISBN 978-626-348-596-9(第30冊 : 平裝). --
ISBN 978-626-348-634-8(第31冊 : 平裝). --
ISBN 978-626-348-635-5(第32冊 : 平裝). --
ISBN 978-626-348-636-2(第33冊 : 平裝). --
ISBN 978-626-348-692-8(第34冊 : 平裝). --
ISBN 978-626-348-693-5(第35冊 : 平裝). --
ISBN 978-626-348-694-2(第36冊 : 平裝). --
ISBN 978-626-348-850-2(第37冊 : 平裝). --
ISBN 978-626-348-851-9(第38冊 : 平裝). --
ISBN 978-626-348-852-6(第39冊 : 平裝)

857.7 112004704

元嬰期入世 NO.39

出版日期：2024年10月初版
建議售價：新台幣190元
ISBN 978-626-348-852-6

作　　者：妙妙醬\/
發 行 人：曾國誠
文字編輯：柳紅鴛
美術編輯：豆子、大明
製作/出版：飛燕文創事業有限公司
公司地址：台中市南區樹義路65號
聯絡電話：04-22638366
傳真電話：04-22639995
印 刷 所：燕京印刷廠有限公司
聯絡電話：04-22617293

各區經銷商

華中書報社	電話 02-23015389
旭昇圖書有限公司	電話 02-22451480
智豐圖書股份有限公司	電話 05-2333852
威信圖書有限公司	電話 07-3730079

網路連鎖書店

金石堂網路書店 電話：02-23649989
網址：http://www.kingstone.com.tw/

博客來網路書店 電話：02-26535588
網址：http://www.books.com.tw/

若您要購買書籍將金額郵政劃撥至22815249，戶名：曾國誠，
並將您的收據寫上購買內容傳真到04-22629041

若要購買本公司出版之其他書籍，可洽本公司各區經銷商，
或洽本公司發行部：04-22638366#11，或至各小說出租店、漫畫便利屋、各大書局、金石堂網路書店、博客來網路書店訂購。
▶如有缺頁、破損，請寄回更換！

Fei-Yan
飛燕文創